800km의
사랑

800km의 사랑

발행일	2024년 12월 20일		
지은이	이광수		
펴낸이	손형국		
펴낸곳	(주)북랩		
편집인	선일영	편집	김은수, 배진용, 김현아, 김다빈, 김부경
디자인	이현수, 김민하, 임진형, 안유경, 신혜림	제작	박기성, 구성우, 이창영, 배상진
마케팅	김회란, 박진관		
출판등록	2004. 12. 1(제2012-000051호)		
주소	서울특별시 금천구 가산디지털 1로 168, 우림라이온스밸리 B동 B111호, B113~115호		
홈페이지	www.book.co.kr		
전화번호	(02)2026-5777	팩스	(02)3159-9637

ISBN   979-11-7224-430-9 03810(종이책)   979-11-7224-431-6 05810(전자책)

(주)북랩 성공출판의 파트너

북랩 홈페이지와 패밀리 사이트에서 다양한 출판 솔루션을 만나 보세요!

홈페이지 book.co.kr   •   **블로그** blog.naver.com/essaybook   •   **출판문의** text@book.co.kr

작가 연락처 문의 ▶ ask.book.co.kr

작가 연락처는 개인정보이므로 북랩에서 알려드릴 수 없습니다.

인생의 뒤안길에서
되돌아보는 운명과 선택의 순간들

800km의 사랑

이광수 자전소설

 북랩

별들을 오래 바라보다 보면,
마치 누군가가 내 곁에 앉아 있는 것 같은 따뜻한 기운이 느껴졌다.
두렵지는 않았다. 오히려 말로 표현할 수 없는 포근함이 온몸을 감쌌다.
훗날에야 깨달았지만,
그때 처음 느낀 그 존재감이 아마도 내 수호신이었을지 모른다.

머리말

세월은 마법과도 같은 신비로움을 품고 있다. 젊은 시절, 이혼이라는 검은 폭풍이 내 삶을 산산조각 냈을 때, 나는 영혼이 꺾인 채 살아있는 죽음을 맞이했다. 의식의 끝자락을 붙잡은 채 시간의 강을 떠다니다, 어느 날 문득 깨어보니 칠십이라는 깊은 계곡 앞에 서 있었다.

유년의 눈으로 바라본 노인들의 모습이 아직도 선명하다. "저 주름진 얼굴들은 어떤 이야기를 간직하고 있을까?" 순진한 오만함으로 가득 찬 나는, 내 삶만큼은 특별할 것이라 믿었다. 마치 시간의 물결이 나만은 비켜 갈 것처럼, 그렇게 달콤한 착각 속에 잠겨있었다. 노년은 안개 너머 희미한 그림자에 불과했으니까.

하지만 세월은 거스를 수 없는 운명의 강물처럼 흘러, 이제 나는 그때 경이로운 눈길로 바라보았던 바로 그 노인이 되어있다. 과거를 되짚어 볼 때면, 시간이라는 무게가 뼛속 깊이 스며드는 것을 느낀다.

거리의 노인들도 각자의 도화지 위에 저마다의 인생을 그려냈으리라. 어떤 이는 찬란한 걸작을, 또 어떤 이는 난해한 추상화를 남겼을 것이다. 그림의 가치를 누가 감히 재단할 수 있으랴. 그저 각자의 붓질이 남긴 흔적을 바라보며, 얼룩진 도화지에 남아있는 과거의 잔상을 그저 바라보고 있을 뿐,

인생이라는 무대는 단 한 번의 공연만이 허락된다. 운명의 갈림길 앞에서 우리가 내리는 선택도 되돌릴 수 없는 단 한 번뿐이다. 미련이 남는 건 당연하지만, 신은 그 돌이킬 수 없음으로써 우리에게 지혜로운 선택을 가르치는 것인지도 모른다. 가보지 못한 길은 영원한 미스터리로 남겠지만, 시간의 문은 이미 닫혀버렸다.

우리의 선택은 운명이라는 날실에 엮이는 씨실이 된다. 선택은 자유의지의 표현이지만, 우리에게 다가오는 사건들은 통제할 수 없는 운명의 물결이다. 그것은 안개 속에 감춰진 신비로운 힘, 우리의 이해를 벗어난 미지의 영역이기에 운명이라 부를 수밖에 없다.

나는 꿈을 통해 미래를 보았다. 그것은 단순한 환영이 아닌, 절박한 경고의 신호였다. 하지만 나는 그 메시지를 외면했고, 오히려 그 길을 역으로 고집스레 걸어갔다. 그 대가는 참담했다. 결국, 나는 모든 것이 예견된, 운명의 궤도를 이탈하지 못하였다.

이 책은 단순한 회고록이 아닌, 운명과 자유의지 사이에서 벌어진 한 영혼의 처절한 몸부림을 담고 있다. 누군가에게는 위로가, 또 다른 이에게는 경고가 되길 바란다. 당신이 만약 미래를 암시하는 꿈을 꾸게 된다면, 그것을 단순한 우연으로 치부하지 말라. 그것은 당신만을 위한 특별한 메시지일 수 있다.

우리 각자의 삶은 수많은 선택이 겹겹이 쌓여 만들어진 모자이크와 같다. 때로는 이 모든 것을 지우고 순백의 도화지 위에 새로운 그림을 그리고 싶어진다. 하지만 신은 우리에게 단 한 번의 기회만을 허락했으니, 이 얼룩진 도화지마저 소중히 끌어안고 마지막 여정을 완주해야 한다. 이 기록이 누군가의 인생에 작은 나침반이 되기를 바라며, 떨리는 마음으로 펜을 든다.

목차

제 1장

고난의
인생 여정

운명의 비행기

76년 11월의 그날은, 내 인생의 물줄기가 완전히 바뀌는 순간이었다. 김포공항에서 프랑스행 비행기에 오르며, 나는 지난날의 모든 고난이 이 순간을 위한 준비였음을 깨달았다. 당시는 시국이 어수선한 유신정권 시대로, 해외여행은 특별한 사람들의 전유물로만 여겨지던 시절이었다. 난 이제 특별한 사람이 된 것이다.

김포공항의 출국장을 지나는 순간, 가슴이 터질 것만 같았다. 여권을 받아 들고 출국 심사대를 통과하면서도 "이게 정말 현실일까?" 하는 생각이 떠나지 않았다. 마치 꿈을 꾸는 것만 같았다. 어제까지도 문경의 시멘트 공장 비행장에서 하늘을 바라보며 상상만 하던 그 비행이, 이제는 현실이 되어 내 앞에 놓여있었다.

비행기가 이륙하는 순간, 창밖으로 보이는 서울의 풍경이 점점 작아져 갔다. 그것은 마치 나의 과거가 저 멀리 사라져가는 것과도 같았다. 아버지의 진폐증, 어머니의 고단한 노동, 가난했던 유년 시절, 그리고 좌절과 실패로 점철된 청년기… 그 모든 것들이 구름 아래로 멀어져갔다.

가슴 한편에는 두려움도 있었다. 프랑스어는 거의 모르는 상태였고, 그곳의 문화나 생활방식도 전혀 알지 못했다. 하지만 그보다 더 큰 것은 설렘과 희망이었다. 문경 비행장에 누워 별을 보며 꿈꾸던 그 세상을 이제 직접 만날 수 있다는 기대감이 나를 압도했다.

창밖으로 펼쳐진 구름바다를 바라보며, 나는 문득 어머니 생각이 났다. 삼십 리 길을 걸어, 감을 파시던 어머니가, 이제는 아들이 구름 위를 날아가는 모습을 보시면 뭐라 하실까. 기뻐하실까, 아니면 걱정하실까. 어머니의 그 고단했던 걸음이 있었기에 내가 이 하늘 위에 있을 수 있다는 생각에 눈시울이 뜨거워졌다.

비행기는 밤하늘을 수놓는 별들 사이로 날아갔다. 창 너머로 보이는 별들은 문경 비행장에서 보던 것과 똑같았다. 하지만 이제는 그 별들이 조금 더 나에게 가까워진 것 같았다. 어린 시절 비행장에 누워 바라보던 그 별들이, 이제는 내가 날아가는 길을 환하게 밝혀주고 있었다.

스무 살, 공고 출신들이 공장의 기름 냄새와 친구가 될 때, 나는 구름 위의 길을 택했다. 47명의 선발자 중 유일한 고졸이라는 사실은 무거운 십자가였지만, 동시에 날카로운 채찍이 되었다. 반드시 성공해야 한다는 결심이 뼛속까지 스며들었다.

파리로 향하는 하늘길은 길었다. 그 시간 동안 나는 끊임없이 생각했다. 이제까지의 삶이 운명이었다면, 앞으로의 삶은 내 의지로 만들어가고 싶었다. 가난했던 유년 시절, 아버지의 부재, 좌절로 가득했던 학창 시절. 그 모든 것들을 이겨내고 이곳까지 왔다. 이제는 그 고난의 시간이 오히려 자산이 될 것이라 믿었다.

프랑스 땅에 첫발을 내딛는 순간, 낯선 공기가 폐부 깊숙이 밀려 들어왔다. 모든 것이 새롭고 낯설었다. 공항의 안내방송, 사람들의 말소리, 심지어 공기의 냄새까지도. 하지만 그 낯섦이 오히려 설렜다. 이것이 바로 내가 그토록 꿈꾸던 새로운 세상이었기 때문이다.

그날의 비행이 단순한 이동이 아닌, 운명의 전환점이었다는 것을. 문경의 가난한 소년이 하늘을 날아 새로운 세상으로 향하는 것. 그것은 마치 동화와도 같은 이야기였다. 하지만 그 동화는 이제 막 시작되었을 뿐이었다. 진짜 도전은 이제부터였다.

비행기가 파리 공항에 착륙하며 내는 소리가 마치 운명의 문이 열리는 소리처럼 들렸다. 이제 내 앞에는 완전히 새로운 삶이 펼쳐질 것이다. 그것이 어떤 모습일지는 아무도 알 수 없었다. 하지만 한 가지는 분명했다. 나는 이 기회를 절대로 놓치지 않을 것이다. 그것이 신이 내게 준 첫 번째 소원의 응답이었으니까.

#2
보쌈과 전쟁이 맺어준 인연

1914년의 어느 달빛 짙은 밤, 한 여인이 보자기에 싸여 낯선 집으로 끌려왔다. 그 주인공이 바로 내 할머니였다. 그날의 선택이, 아니 달빛 아래 강요된 그 인연이, 후에 우리 가족의 모든 이야기를 만들어냈다.

보쌈이란 그런 것이었다. 한밤중에 과부를 데려다 혼인을 치르는 조선 시대부터 내려온 관습이었다. 할아버지는 본처에게서 자식을 얻지 못하자 형제간에 양자를 들였지만, 그래도 피붙이가 그리웠던 것일까. 결국, 할머니를 보쌈해 오는 것으로 새로운 가족의 역사를 시작했다.

그렇게 태어난 것이 바로 내 아버지였다. 할아버지가 양자로 들어온 큰형과는 10년이 넘는 나이 차가 있었다. 겉으로는 양반가의 체면을 내세웠지만, 그 안에는 복잡한 가족사가 얽혀 있었다.

우리 집안은 퇴계학파의 남인으로서 경북 청송, 영해, 영덕 지방에서 꽤 이름났다. "다미방"이라는 요리책을 저술한 장 씨 할머니는

율곡 이이의 어머니인 신사임당에 비견될 만큼 대단한 분이셨다고
한다.

하지만 가문의 명성은 서자로 태어난 아버지의 삶을 더욱 고단하
게 만들었다. 할아버지가 일찍 돌아가시자 양자로 들어온 큰형이
가정을 꾸려나갔고, 아버지는 집안에서 미운털이 박힌 찬밥 신세가
되었다. 결국, 열세 살이라는 어린 나이에 고향을 등져야 했다.

아버지가 열세 살의 어린 나이에 고향을 등져야 했을 때의 심정은
어땠을까. 서자라는 이유로 형제에게조차 차별받던 그 아린 기억은
평생의 상처가 되었다. 만주에서 정어리 공장을, 삼척에서 석탄을,
김제에서 사금을 찾아다니던 그 고단한 시절들. 아버지의 방황은
우리 가문이 짊어진 또 다른 슬픔의 족적이었다.

어머니의 이야기 또한 시대의 비극을 고스란히 담고 있었다. 갓
피어나는 열여섯 꽃봉오리와 같은 나이에 일본군 위안부 징용을 피
하고자 선택한 첫 혼인. 그러나 그 선택은 또 다른 수난의 시작이었
다. 밤마다 이어지는 폭력의 그림자를 피해, 어머니는 도망이라는
절박한 선택을 하셨다. '출가외인'이란 냉정한 말로 친정에서조차 등
을 돌리자, 어머니는 홀로 경주 땅을 밟아야 했다.

1950년, 전쟁이란 폭풍우 속에서 두 영혼은 마주쳤다. 고향을 잃

은 채 피난길에 오른 아버지와 첫 혼인의 상처를 안고 살아가던 어머니. 그들의 만남은 전쟁이 빚어낸 우연이었을까, 아니면 하늘이 준 운명이었을까. 모두가 고향을 등지고 떠돌이 신세였기에, 서로의 아픔을 더 깊이 이해하고 보듬어 줄 수 있었을 것이다.

보쌈으로 시작된 가족의 역사, 서자라는 굴레, 위안부 징용의 그림자, 그리고 전쟁의 상흔. 이 모든 것들이 우리 가족의 운명을 만들어냈다. 어쩌면 나의 방황하는 삶의 뿌리는 이미 그때부터 예견된 숙명이었는지도 모른다.

피난길에서 맺어진 두 사람의 사랑은 깊고도 절실했다. 서로의 상처를 쓰다듬으며 보듬는 과정에서, 그들은 새로운 희망의 씨앗을 발견했다. 하지만 현실은 차갑기만 했다. 전쟁의 폐허 속에서 변변한 일자리조차 찾기 힘들어, 산에서 나무를 해다 팔며 하루하루를 버텨내야 했다.

그리고 1956년 1월, 눈보라가 휘몰아치던 차가운 겨울날, 나는 그들의 사랑의 결실로 이 세상에 첫발을 내디뎠다. 경주 입실의 깊은 산골짜기, 매서운 바람 소리만이 가득한 그곳에서 첫울음을 터뜨렸다. 어머니는 내게 조금이라도 더 영양을 주시고자 소중히 키우시던 수탉을 잡아 드셨다고 한다. 극심한 가난 속에서도 자식을 향한 어머니의 사랑은 그렇게 따스했다.

생활고를 견디며 우리 가족은 삼척으로, 다시 문경으로 옮겨 다녔다. 아버지가 마침내 탄광에서 일자리를 얻으면서 잠시나마 안정을 찾는 듯했다. 하지만 그것도 잠시, 탄광 생활이 남긴 진폐증은 서서히 아버지의 숨길을 조여왔다.

진폐증으로 힘들어하시는 아버지를 바라보는 것은 늘 가슴 아픈 일이었다. 석탄 광산에서 평생 일하시며 얻으신 병은 결국 아버지의 생명을 서서히 갉아먹었다. 말씀이 없으신 아버지였지만, 그의 고통 어린 숨소리는 우리 가정의 무거운 정적을 채웠다.

말씀이 점점 줄어드시는 아버지를 보며, 철없던 나는 그저 아버지가 무뚝뚝하다고만 여겼다. 숨 한번 제대로 들이켜기도 힘드셨을 그 고통의 깊이를, 그때의 나는 미처 헤아리지 못했다.

퇴근길에 가끔 따오시던 산딸기. 그것이 아버지께서 내게 보여주실 수 있는 유일한 애정 표현이었다. 지금도 산딸기를 마주하면 아버지의 거칠어진 손과 가쁜 숨소리가 선명히 떠오른다. 그 작은 열매 하나에 담긴 사랑의 무게를 이제야 온전히 느낄 수 있다.

노름을 즐기시던 아버지는 결국 모든 재산을 날리고 말았지만, 그마저도 가슴 깊이 응어리진 서러움을 달래기 위한 몸부림이었으리라. 서자의 멍에, 진폐증의 고통, 가난의 늪…. 그 모든 것을 잊기 위해 택한 도피처였는지도 모른다.

어머니는 묵묵히 아버지의 빈자리를 채우셨다. 문경에서 농암까지 삼십 리 길을 걸어, 감을 파시던 어머니의 뒷모습. 머리에 인 "다라이"에는 무거운 과일이, 가슴속엔 더 무거운 한숨이 실려 있었으리라. 그 고단한 발걸음이 우리 가족의 끼니가 되고, 내 학비가 되었다.

추석이면 씨름 장사 대회장에서 고구마를 쪄서 파시던 어머니의 모습은, 지금도 내 기억 속에서 가장 애틋한 초상화로 남아있다. 명절의 들뜬 분위기 속에서도 생계를 위해 땀 흘리시던 어머니의 주름진 얼굴에서, 나는 세상에서 가장 숭고한 사랑을 보았다.

여섯 살 무렵의 일이 지금도 선명하다. 부모님의 이혼 위기 속에서 어머니는 떨리는 목소리로 말씀하셨다. "너는 나와 함께 살 거니까 여기 있어." 하지만 나는 아버지가 정성스레 만들어주신 여치 집이 떠올랐다. 매달린 여치 집을 뚝 따며, "난 아빠하고 살 거야." 그 순진한 한마디가, 부모님의 이혼을 막았다.

운명이란 때로는 이렇게 어린아이의 무심한 말 한마디로도 바뀌는 것인지 모른다. 어쩌면 그때 내가 다른 선택을 했더라면, 지금의 나는 다른 존재가 되었을지도 모를 일이다.

지금 돌이켜보면, 우리 가족의 역사는 한국 근현대사의 축소판과도 같았다. 일제강점기의 암울한 그림자로 시작해, 해방과 6.25 전쟁의 혼란, 그리고 산업화 시대의 아픈 성장통까지. 역사의 굴곡이 우리 가족의 운명을 새로 쓰고 또 써 내려갔다.

할머니의 보쌈으로 시작된 강제된 인연은 아버지에게 서자라는 숙명을 안겼고, 그 숙명은 다시 평생의 방황으로 이어졌다. 어머니의 첫 결혼 실패는 전쟁이라는 혼돈 속에서 오히려 새로운 시작이 되었다. 그리고 그 모든 상처와 치유의 과정이 모여 지금의 나를 만들어냈다.

마치 유전자처럼 우리 가족의 이야기는 내 삶 속에 깊이 각인되어 있었다. 할머니의 운명, 아버지와 어머니의 운명. 이 모든 것들이 내 혈관 속을 흐르며 살아 숨 쉬고 있었다. 나의 불안정한 삶도 어쩌면 이미 피할 수 없는 숙명이었는지도 모른다.

하지만 지금 깨닫는다. 운명이란 것이 단순히 주어지는 것만은 아니라는 것을. 때로는 가장 가혹한 운명의 폭풍우 속에서도 우리는 선택할 수 있다. 할머니가 보쌈이라는 강요된 운명 속에서도 아버지를 낳아 기르기로 선택하셨듯이. 어머니가 폭력의 굴레에서 벗어나 새 삶을 선택하셨듯이. 부모님이 전쟁의 혼란 속에서도 서로를 선택하셨듯이.

그렇게 생각하면, 내가 지금 파리행 비행기에 몸을 실은 것도 어쩌면 우리 가족의 선택과 운명이 빚어낸 필연이었는지 모른다. 할머니의 보쌈에서 시작된 긴 여정이, 이제는 내가 프랑스로 향하는 새로운 장으로 이어지는 것이다.

문경의 탄광촌에서 자란 가난한 소년이 이제는 하늘 위에서 구름을 내려다보고 있다. 이것이 운명인가, 아니면 내 선택인가. 어쩌면 그 둘의 경계는 그리 분명하지 않을지도 모른다. 다만 한 가지 확실한 것은, 나는 이제 우리 가족의 역사에 새로운 한 페이지를 써 내려가고 있다는 것이다.

이렇게 보쌈과 전쟁으로 시작된 우리 가족의 이야기는, 한 세대를 거쳐 다시 새로운 전환점을 맞이하고 있었다. 그리고 나는 그 전환점에 서서, 우리 가족의 다음 장을 열어가고 있었다.

3

외동아들의 고독한 초상

형제자매가 없는 외동아들로 자란다는 것은 마치 텅 빈 방에서 혼자 메아리를 듣는 것과도 같았다. 여느 집 같았으면 금지옥엽으로 키웠을 외동아들이었지만, 우리 집은 달랐다. 아버지는 진폐증으로 자주 누워계셨고, 어머니는 가족의 생계를 위해 늘 밖에 계셨다. 그래서 나는 어린 시절 대부분을 혼자 보냈다.

집 안의 공기는 늘 무거웠다. 아버지의 고통스러운 숨소리, 어머니의 한숨 섞인 발소리, 그리고 그 사이에서 자라나는 아이의 침묵. 우리는 마치 각자의 섬에서 살아가는 것만 같았다. 한 지붕 아래 있어도, 우리는 서로 다른 시간을 살고 있었다.

이런 환경은 자연스레 나를 내성적이고 사색적인 아이로 만들었다. 놀이터의 아이들과 어울리기보다는 홀로 하늘을 바라보며 구름의 모양을 상상하는 것이 더 편했다. 때로는 그 구름 너머에 있을 또 다른 세상을 그리며, 나만의 이야기를 만들어갔다.

하지만 그런 고독 속에서도 나는, 나의 세계를 만들었다. 상상력은 나의 가장 친한 친구가 되었고, 혼자만의 시간은 오히려 내면을 더욱 깊이 들여다보는 기회가 되었다. 어쩌면 이때의 경험이 나중에 영적인 것들에 대한 남다른 감수성으로 이어졌는지도 모른다.

봄이면 아버지의 기침 소리가 더욱 거세졌다. 꽃가루와 뒤엉킨 탄가루가 아버지의 숨통을 조여올 때면, 밤새 이어지는 기침 소리에 잠을 설쳤다. 진폐증과 싸우시는 아버지는 마치 탄광 막장의 아득한 어둠처럼 점점 더 깊숙이 침묵 속으로 빠져 드셨다.

"아버지가 돌아가시면 어쩌지…"
이런 불안감은 계절이 바뀔 때마다 더욱 짙어졌다. 특히 매서운 겨울바람이 창을 흔들 때면 그 두려움은 더욱 커졌다. 후에 내가 관계의 단절을 그토록 두려워했던 것도, 아마 이때 생긴 상처 때문이었으리라.

결벽증은 이런 환경 속에서 자연스레 생겨났다. 아홉 살 때였다. 아버지가 큰 기침 발작으로 쓰러지신 날, 나는 처음으로, 방 안의 모든 것을 정리하기 시작했다. 책상 위의 물건들을 반듯하게 배열하고, 이불을 완벽한 직각으로 접었다. 마치 그렇게라도 하면 무너져가는 일상을 붙잡을 수 있을 것만 같았기 때문이다.

어린 시절의 그림자는 생각보다 깊고 길었다. 그것은 마치 해가 저물어도 사라지지 않는 그림자처럼, 내 삶의 곳곳에서 모습을 드러냈다. 사람들과 쉽게 어울리지 못하는 성격, 완벽을 추구하는 강박, 그리고 때로는 화산처럼 터져 나오는 감정의 분출. 이 모든 것이 그 시절이 남긴 상흔이었다.

하지만 역설적으로, 그 짙은 그림자는 내게 특별한 선물도 남겼다. 고독을 견디는 법, 침묵 속에 담긴 의미를 읽어내는 법, 그리고 무엇보다 삶의 깊이를 이해하는 지혜를 배웠다. 어쩌면 이것이 훗날 프랑스에서, 또 다른 고독과 시련 속에서도 꿋꿋이 버틸 수 있었던 힘의 근원이었는지 모른다.

어머니는 종종 의미심장한 눈빛으로 말씀하셨다.
"너는 어릴 때부터 달랐어. 혼자서도 잘 놀고, 별난 생각도 많이 하고…"
그때는 그 말씀이 칭찬인지 걱정인지 가늠할 수 없었다. 어린 마음에 '다르다'는 것은 때로 두렵고 외로운 단어였다.

하지만 지금 돌이켜보면, 그 '다름'이야말로 나를 지켜준 가장 강력한 방패였다. 고독을 두려워하지 않는 법, 자신만의 세계를 만드는 법, 그리고 무엇보다 시련 속에서도 희망의 씨앗을 발견하는 법을 배웠으니까. 그 고독한 시간이 오히려 내 영혼을 더욱 단단하게 만들어주었다.

어린 시절의 그림자는 여전히 내 곁에 있다. 하지만 이제는 그것이 단순한 어둠이 아니라, 내 삶을 더욱 깊이 있게 만드는 농담(濃淡)이었다는 것을. 마치 수묵화가 진한 먹과 옅은 먹의 조화로 깊이를 만들어내듯, 그 시절의 모든 경험이 지금의 나를 빚어낸 소중한 물감이었음을.

우리는 모두 어린 시절의 그림자를 안고 살아간다. 그것을 완전히 지우는 것은 불가능하다. 다만 그 그림자와 함께 걸어가는 법을 배우는 것, 그것이 바로 성장이라는 것을 이제야 깨닫는다. 외동아들의 고독했던 초상은, 이제 내 삶의 가장 진실한 자화상이 되어있다.

4
외로움이 그린 하늘

문경 시멘트 공장의 비행장은 내게 특별한 공간이었다. 집에서 백 미터도 채 떨어지지 않은 그곳은, 일상의 무게를 내려놓는 나만의 장소가 되어주었다. 거의 사용되지 않는 황량한 공간이었지만, 내게 는 세상에서 가장 특별한 피난처였다.

넓게 깔린 자갈 위로 간간이 자라난 잡초들, 멀리서 들려오는 시 멘트 공장의 단조로운 기계 소리…. 이 모든 것들이 어우러져 나만 의 은밀한 세계를 만들어냈다. 그곳에서 나는 비로소 온전한 '나'가 될 수 있었다.

여름이면 나는 돗자리 하나를 둘둘 말아 들고나와 하늘을 바라보 며 시간을 보냈다. 쪽빛 하늘에 흐드러지게 피어난 구름은 매일 다 른 모습으로 나를 맞이했다. 때로는 평화로운 양 떼로, 때로는 웅장 한 산맥으로 변신하는 그 구름을 보며, 나는 현실의 굴레를 벗어나 상상의 나래를 펼쳤다.

특히 밤하늘은 달랐다. 마치 검은 비단 위에 박힌 보석처럼, 쏟아

질 듯한 별들은 누군가가 일부러 나를 위해 걸어둔 것처럼 반짝였다. 그 반짝임 속에서 나는 처음으로 세상의 신비를 느꼈고, 신의 존재를 직감했다. 이토록 아름다운 광경을 우연이라고만 할 수는 없을 것 같았다.

밤하늘의 별들은 내게 첫 스승이었다. 그들은 고독이 결코 외로움만은 아니라는 것을, 때로는 깊이 있는 성찰의 시간이 될 수 있다는 것을 가르쳐주었다. 후에 프랑스에서 겪게 될 고독도, 어쩌면 이때의 경험이 있었기에 견딜 수 있었는지 모른다.

그때부터였을까, 나는 '보이지 않는 무언가'의 존재를 희미하게나마 느끼기 시작했다.

"나는 왜 형제가 없을까?"
비행장에 굴러다니는 돌멩이를 발로 차며 중얼거리곤 했다. 그 물음에 대한 답은 늘 침묵뿐이었지만, 묘하게도 그 고요 속에서 나는 깊은 위안을 얻었다. 어쩌면 그 비행장 자체가 내게는 가장 완벽한 형제였는지도 모른다. 판단하지 않고, 그저 내 존재를 온전히 받아들여 주는 공간이었으니까.

가끔 경비행기가 이착륙할 때면, 나는 그 모습을 넋 놓고 바라보았다. 저 작은 비행기는 어디서 왔다가 어디로 가는 걸까? 다른 세상의 이야기를 실어 나르는 것은 아닐까? 그렇게 상상하다 보면 어느새 해가 저물곤 했다.

결벽증이 있던 나는 모든 것이 순조롭고 깨끗이 진행되기를 바랐다. 하지만 하늘은 달랐다. 불규칙하게 흩어진 구름도, 무질서해 보이는 별자리도, 모두가 그 자체로 완벽해 보였다. 그곳에서 나는 처음으로 '완벽하지 않은 것들의 아름다움'을 배웠다.

비행장은 단순한 공터 이상의 의미였다. 그곳은 내게 피난처이자 학교였고, 때로는 교회이기도 했다. 특히 해 질 무렵이면 시멘트 공장의 소음마저 잦아들어, 오직 바람 소리만이 남았다. 그때의 고요함은 마치 신성한 기도의 시간과도 같았다. 세상의 모든 소리가 멈춘 그곳에서, 나는 비로소 내면의 소리에 귀 기울일 수 있었다.

가끔은 이상한 경험을 하기도 했다. 별들을 오래 바라보다 보면, 마치 누군가가 내 곁에 앉아 있는 것 같은 따뜻한 기운이 느껴졌다. 두렵지는 않았다. 오히려 말로 표현할 수 없는 포근함이 온몸을 감쌌다. 훗날에야 깨달았지만, 그때 처음 느낀 그 존재감이 아마도 내 수호신이었을지 모른다.

✱✱✱

"저 별도 어쩌면 나처럼 외로울까?"

홀로 중얼거리던 그 말들은 어쩌면 나 자신과의 대화였는지도 모른다. 하늘은 내게 최초의 거울이었다. 그곳에서 나는 내 모습을 비추어보고, 내면의 소리에 귀 기울이는 법을 배웠다.

밤이 깊어질수록 별들은 더욱 선명해졌다. 마치 누군가가 조심스레 등불을 켜듯, 하나둘씩 그 빛을 더해갔다. 그때 나는 처음으로 깨달았다. 어둠이 짙을수록 빛은 더욱 선명해진다는 것을. 이 깨달음은 후에 내 인생의 가장 어두운 순간들을 견디게 해준 등대가 되었다.

때로는 특별한 꿈들을 꾸기도 했다. 비행장에 누워 잠이 들면, 이상하리만치 선명한 꿈들이 찾아왔다. 그것은 단순한 몽상이 아닌, 마치 예언과도 같은 것들이었다. 그때는 몰랐다. 이 작은 비행장이 훗날 내가 경험하게 될 예지몽의 첫 무대가 되리라는 것을.

"저기 비행기 뜬다!"

간혹 이착륙하는 비행기를 보며 마을 아이들이 몰려들곤 했다. 하지만 나는 그들과 어울리지 않았다. 차라리 홀로 있는 편이 더 편했다. 그때부터였을까, 나는 군중 속의 고독을 배웠고, 그것을 두려워하지 않게 되었다.

지금도 가끔 그 시절이 선명히 떠오른다. 문경의 작은 비행장, 끝없이 펼쳐진 하늘, 그리고 그곳에서 홀로 별을 세던 소년. 그때는 미처 알지 못했다. 그 고독한 시간이 내 영혼을 키우는 거름이 되리라는 것을. 외로움이 오히려 나를 더 깊은 세계로 이끄는 나침반이 되리라는 것을.

어쩌면 우리 모두에게는 이런 공간이 필요한지도 모른다. 세상의 소음에서 벗어나, 자기 내면을 마주할 수 있는 그런 곳. 내게는 그곳이 바로 문경 시멘트 공장의 작은 비행장이었다. 그리고 그곳에서 배운 침묵의 언어는, 이후 내 인생의 모든 순간에 깊은 울림으로 남았다.

자갈이 깔린 그 길을 천천히 걸으며, 나는 비로소 진정한 의미의 '홀로 됨'을 배웠다. 그것은 단순한 외로움이 아닌, 자신의 본질을 들여다보는 시간이었다. 하늘과 별들이 내게 가르쳐준 그 깊은 침묵의 시간은, 후에 내가 마주하게 될 모든 신비로운 경험의 토대가 되었다.

외로움이 그린 하늘은 내게 가장 아름다운 그림이 되었다. 그 푸른 캔버스 위에 구름과 별들이 그려준 이야기는, 지금도 내 마음 깊은 곳에서 반짝이고 있다. 어쩌면 우리는 모두 각자의 하늘을 가졌는지도 모른다. 나는 그저 운이 좋게도, 문경의 작은 비행장에서 나만의 하늘을 발견했을 뿐이다.

#5
청년의 몫

운명은 때로 예고 없이 찾아와 우리 삶의 궤도를 바꿔놓는다. 초등학교 3학년, 나의 인생은 예기치 않은 날카로운 곡선을 그리기 시작했다. 그때까지 나는 경상북도 웅변대회와 글짓기 대회를 휩쓸던 반짝이는 별이었다. 선생님들의 기대와 부모님의 자부심이 따스한 이불처럼 나를 감싸고 있었다. 하지만 운명은 종종 우리의 기대를 비웃듯 예측할 수 없는 방향으로 흘러간다.

그날의 체벌은 시간이 흘러도 지워지지 않는 각인처럼 선명하다. 쉬는 시간에 있었던 생각 없는 지나친 장난이 불러온 참사였다. 담임 선생님의 발길질이 내 다리와 엉덩이를 강타할 때마다, 내 영혼의 일부가 부서져 내리는 소리가 들렸다. 회초리가 손바닥을 가를 때마다, 나의 자신감도 함께 갈라져 나갔다.

그 후로 나는 학교가 두려워졌다. 한때 즐거움으로 가득했던 공부는 고통이 되었고, 자신감 넘치던 목소리는 점차 작아져 갔다. 한때 나의 낙원이었던 배움의 터전은 고통의 장소로 변모한 것이다.

중학교 진학을 앞두고 나는 사생결단의 각오로 결심했다. 점촌중학교는 장학금을 주는 희망의 등대였다. 성적은 좋지 않았지만, 부모님의 짐을 조금이라도 덜어드리고 싶었다.

"할 수 있을 거야"라며, 자신을 다독이고 지원했지만, 결과는 실패였다. 나의 끈기 부족이었다. 사립학교의 무거운 수업료는 고스란히 어머니의 굽은 어깨를 더욱 짓눌렀다. 그때의 자책감은 오랫동안 내 마음속에서 가시처럼 박혀있었다.

더 큰 도전은 고등학교 입시였다. 대구의 명문 고등학교 장학생 시험에 도전했지만, "반드시 합격해야 한다"는 강박이 쇠사슬처럼 나를 옭아맸다. 이미 수없이 풀어본 문제들 앞에서도 손은 떨렸고, 머릿속은 하얀 백지가 되어버렸다. 또 한 번의 기회가 물거품이 되는 순간이었다.

하지만 운명은 때로 우회로를 준비하기도 한다. 서울의 한 공업계 고등학교에서 날아온 입학 통지서는 예상치 못한 희망의 메시지였다. 신입생 전원이 장학생으로 선발되는 학교. 비록 내가 꿈꾸던 학교는 아니었지만, 부모님의 경제적 부담을 덜어드릴 수 있다는 사실만으로도 작은 위안이 되었다.

나의 서울행은 예상치 못한 결과를 가져왔다. 부모님은 내가 보고 싶다며 서울 이주를 결심하셨다. 필사적으로 말렸지만 소용없었다. "아들 곁에서 살고 싶다"는 부모님의 절절한 마음을 막을 수는 없었다. 문경에서 평생 일구어온 터전을 팔아 마련한 얼마 되지 않는 돈으로 영등포구 도림동에 새 보금자리를 마련하셨다.

하지만 그것은 화려한 서울이 던진 첫 번째 덫이었다. 주택 이중매매 사기라는 잔인한 현실이 우리를 덮쳤다. 평생 모은 돈을 한순간에 잃어버린 부모님의 얼굴에서, 나는 처음으로 절망이란 것의 실체를 보았다.

어머니는 결국 서울 상계동 주택건설 현장의 함바로 일하러 가서야 했다. 아들과 가까이 살고 싶어 올라왔지만, 아이러니하게도 우리는 더 멀어지고 말았다. 자유의지로 선택한 길이 오히려 더 큰 불행을 초래한 것이다.

서울은 낯설고 차가웠다. 높은 건물들 사이로 불어오는 바람은 문경의 그것과는 전혀 달랐다. 학교생활도 순탄치 않았다. '시골에서 올라온 학생'이라는 꼬리표는 늘 나를 따라다녔다. 하지만 그보다 더 무거운 것은 부모님에 대한 죄책감이었다. 그들의 희생을 헛되이 하지 않으려면, 나는 반드시 성공해야만 했다.

차가운 서울의 새벽 거리를 달리며 나는 조금씩 단단해져 갔다.

300부의 신문 배달은 고된 노동이었지만, 그 고독한 시간은 오히려 나를 더욱 강하게 만들었다. 문경 비행장에서 홀로 바라보던 별들처럼, 서울의 어둠 속에서도 나는 나만의 빛을 발견했다. 월급조차 주지 않는 신문사의 부당한 대우 앞에서도, 나는 무너지지 않고 나만의 방식으로 맞섰다.

이런 어려움 속에서도 한 줄기 빛이 있었다. 오성과 한음처럼 내 곁에 있어 준 철도고등학교 친구. 그 어둡고 긴 추운 겨울을, 같이 마주 보고 "호호" 불며, 절반으로 나눈 호빵 한 개의 온기가 지금도 내 가슴속 한편에서 작은 불꽃처럼 타오르고 있다.

청춘이란 어쩌면 이런 것인지도 모른다. 쓰라린 경험들이 우리를 더 단단하게 만들고, 실패가 우리를 더 강하게 만드는 과정. 그리고 그 속에서도 따뜻한 마음을 잃지 않는 것.

1973년 하반기, 취직을 위해 나선 실습 현장은 또 다른 시련이었다. 하루 종일 쇠로 만든 금형의 표면을 숫돌로 갈아내는 단조로운 작업. 그 반복되는 일상에서 나의 조급한 성격의 인내심이 한계를 만났다.

당시 공무원 급여가 20,000원 정도였으나, 5,100원의 실습비는 내 꿈을 더욱 멀어지게 했다. 대학 진학은 그저 꿈일 뿐이었고, 좋은 직장을 구하는 것조차 하늘의 별 따기였다.

하지만 나는 실낱같은 희망의 끈을 놓지 않았다. 어쩌면 그것이야 말로 청춘의 진정한 의미일지도 모른다. 포기하지 않는 끈기, 좌절 속에서도 피어나는 희망, 그리고 그 모든 것을 견뎌내는 젊음의 힘.

청년의 시절은 그렇게 흘러갔다. 크고 작은 상처들이 하나둘 쌓여갔지만, 그것들은 오히려 나를 더 단단하게 만들었다. 마치 거친 비바람을 견뎌낸 나무가 더욱 깊은 뿌리를 내리는 것처럼, 나 또한 그 시련 속에서 성장했다.

지금 돌아보면, 그때의 모든 경험이 나를 준비시키고 있었던 것 같다. 초등학교 때의 체벌이 남긴 상처, 중학교와 고등학교 입시의 실패, 서울에서의 고단한 생활…. 이 모든 것들이 후에 프랑스에서 겪게 될 더 큰 도전을 견딜 수 있는 단단한 초석이 되어주었다.

결국, 학업은 자포자기 상태로 치달았다. 처음에는 상위권이었던 성적이 졸업 무렵에는 꼴찌로 추락했다. 졸업조차 포기하려 했지만, 학교 실습 선생님의 따뜻한 손길로 기성회비를 내주셔서 겨우 졸업장을 받을 수 있었다.

그것이 내 청춘의 초상이었다. 실패와 좌절, 상처와 아픔으로 얼룩진 초상화. 하지만 그 속에는 결코, 꺾이지 않았던 희망의 빛과 포기하지 않았던 꿈의 온기가 여전히 살아 숨 쉬고 있었다.

6
아버지의 마지막 눈물

봄비가 내리던 그 날의 기억은 칼로 새긴 듯 선명하다. 안방 창가로 스며드는 희미한 빛 속에서, 아버지의 숨소리는 점점 더 가늘어져 갔다. 진폐증으로 오랫동안 고통받으시던 아버지는 그날따라 유난히 침묵 속에 깊이 잠겨 계셨다. 숨 쉬는 것조차 힘겨워하시는 모습을 보며, 나는 처음으로 '이별'이란 단어의 무게를 온몸으로 느꼈다.

하지만 그보다 며칠 전, 나는 돌이킬 수 없는 실수를 저질렀다. 공장에서 첫 실습비 5,100원을 받던 날이었다. 퇴근 무렵, 한 친구가 찾아와 대학 진학을 위한 학원비가 필요하다며 3,500원을 빌려달라고 했다.

진폐증으로 누워계신 아버지의 약값을 생각하면 망설여졌다. 하지만 친구의 간절한 눈빛을 외면할 수 없었다. 그것이 아버지의 마지막 약값이 될 수도 있다는 생각은 미처 하지 못했다.

"네가 번 돈이라고 네 마음대로 쓸 수 있냐!"

집에 돌아왔을 때 부모님의 꾸지람은 채찍처럼 아팠다. 그때는 그 말씀이 야속하기만 했다.

하지만 지금 생각하면 그것은 사랑의 또 다른 표현이었다. 평생을 광산에서 일하며 폐를 망가뜨린 아버지께서, 아들만큼은 그런 고생을 하지 않기를 바라는 마음으로 하신 말씀이었을 것이다.

아버지의 마지막 날, 방안은 이상한 정적에 잠겨있었다. 평소에도 말씀이 없으셨지만, 그날은 특히 더했다. 마치 모든 것을 정리하신 것처럼, 깊은 침묵 속에 잠겨 계셨다. 창밖으로는 봄비가 내리고 있었다. 빗소리와 아버지의 규칙적인 가쁜 숨소리만이 공간을 채웠다.

마지막 순간, 아버지는 힘겹게 눈을 돌려 나를 보셨다. 말씀은 없으셨지만, 그 눈빛에는 수만 마디 말이 담겨있었다. 못난 아들에 대한 미안함, 더 잘해주지 못한 후회, 그리고 앞으로 홀로 남을 아들에 대한 걱정. 그 모든 감정이 눈물과 함께 흘러내렸다.

나는 그저 어찌할 바를 몰랐다. 아무런 말도 못 한 채, 아버지의 바싹 마른 손을 잡고 흐느낄 수밖에 없었다. 평생 말씀이 없으셨던 아버지, 산딸기를 따다 주시는 것으로 사랑을 표현하셨던 아버지, 마지막 순간에도 말씀 대신 눈물로 모든 것을 대신하셨다.

그런 아버지의 마지막 모습을 보며 나는 깨달았다. 때로는 침묵도 가장 깊은 사랑의 표현이 될 수 있다는 것을….

그때 처음으로 죽음이란 것의 실체를 마주했다. 아버지에게 불효했다는 생각에 가슴이 찢어질 듯 아팠다. 더구나 친구는 나중에 공무원이 되어 안정된 삶을 살게 되었지만, 그 돈은 끝내 갚지 않았다. 좋은 친구도 얻지 못했고, 아버지의 마지막을 제대로 지켜드리지도 못한 불효자가 되어버렸다.

지금도 가끔 봄비가 내리면 그날이 떠오른다. 아버지의 마지막 눈물, 그리고 그 눈물 속에 담겨있던 말로 표현할 수 없는 사랑과 안타까움. 평생을 광산 막장에서 일하시며 진폐증을 얻으신 아버지는, 끝내 자식에게 제대로 된 유산 하나 남기지 못하고 떠나셨다.

하지만 그보다 더 귀중한 유산은 없었다. 말없이 사랑하는 법, 그리고 고통 속에서도 묵묵히 견디는 법. 이것은 나에게 어떤 재산보다도 값진 무형의 자산이 되었다. 아버지의 침묵 속에 담긴 사랑의 깊이를, 나는 이제야 조금씩 이해하게 된다.

인생에는 되돌릴 수 없는 순간들이 있다. 첫 실습비를 친구에게 빌려준 것, 그리고 아버지의 마지막을 제대로 지키지 못한 것. 그 모든 후회와 아쉬움은 내 삶의 가장 뼈아픈 교훈이 되었다. 정말 그때의 선택은 어리석었다.

어쩌면 그래서 나는 이후의 삶에서 더욱 치열하게 살아가려 했는지도 모른다. 아버지의 마지막 눈물이 내게 남긴 숙제를 풀기 위해서. 그 눈물 속에 담긴 말 못 한 기대와 사랑을 조금이나마 보답하기 위해서.

봄비는 여전히 내리고 있다. 그날처럼. 하지만 이제는 그 빗소리가 다르게 들린다. 그것은 더 이상 이별의 소리가 아닌, 아버지가 내게 들려주시는 영원한 사랑의 노래처럼 느껴진다. 말없이 사랑하셨던 아버지, 마지막 순간까지 눈물로 사랑을 표현하셨던 아버지. 그 깊은 사랑의 무게를 이제야 조금씩 감당할 수 있게 되었다.

#7
첫 번째 소원

어려운 환경 속에서도 나는 결코, 포기하지 않았다. 삶이 가장 캄캄할 때마다 하늘을 바라보며 간절히 기도했다. 어린 시절 문경 시멘트 공장 비행장에 누워 별을 세며 느꼈던 그 신비로운 존재에 대한 믿음은 세월이 흐를수록 더욱 깊어만 갔다. 특히 아버지를 떠나보내고 난 후, 나는 더욱 절실하게 신에게 기도했다.

나는 신을 온전히 믿었고, 세 가지 소원 중 두 가지를 신중히 빌었다. 오직 믿고 의지할 곳은 신밖에 없었기에. 혹시 모를 더 절박한 순간을 위해 나머지 한 가지는 깊이 간직해두었다. 그것은 마치 깊은 밤하늘의 별처럼, 언젠가 나를 인도해 줄 것이라 믿었다.

그리고 마침내, 첫 번째 행운이 불현듯 찾아왔다. 이모님의 따뜻한 손길이었다. 당시 나는 희망이라고는 한 줌도 찾아볼 수 없는 나날을 보내고 있었다. 하지만 넓은 인맥과 더 넓은 마음을 지니신 이모님은 내게 공기업 취직이라는 놀라운 선물을 안겨주셨다.

그것은 단순한 직장이 아닌, 내 인생의 새로운 장을 여는 황금 열

쇠었다. 무너져가던 나의 자존감이 조금씩 회복되기 시작했고, 미래를 향한 작은 희망의 씨앗이 내 마음속에서 움트기 시작했다.

1975년, 더욱 놀라운 두 번째 행운이 예고 없이 찾아왔다. 어느 평범한 오후, 시설과장인 장 과장님이 나를 조용히 부르셨다.
"너에게 유학 갈 수 있는, 좋은 기회가 있으니 도전해 봐."

처음에는 그 말씀이 믿기지 않았다. 그저 농담으로 들렸다. 하지만 이는 사실이었다. 프랑스가 한국에 원자력 발전소를 판매하기 위해 한국과 과학기술 협정을 맺었고, 한국의 과학기술자들은 프랑스에서 장학금을 받으며 공부할 기회가 제공된 것이다.

고등학교 졸업장만 가진 내가 감히 꿈꿀 수 있는 일이었을까? 주변에서는 모두 만류했다. 하지만 나는 망설임 없이 지원했다. 인생에서 이런 기회는 한 번뿐일지도 모른다는 생각에서였다. 나의 자유의지가 제대로 발동된 순간이었다.

이것은 단순한 우연이 아닌, 진정한 운명의 손길이었다. 마치 오래전 문경 비행장에서 바라보던 저 먼 하늘이 마침내 내게 손을 내밀어준 것 같았다. 이제야 나의 첫 번째 소원이 이루어지려 하는 것인지도 몰랐다.

어쩌면 이것이야말로 신이 내게 준 첫 번째 응답이었는지도 모른다. 그동안의 모든 고난과 시련이 이 순간을 위한 준비였던 것처럼. 나의 자유의지는 마침내 운명과 만나 새로운 길을 열어가고 있었다.

#8
기적 같은 기회

이 기회를 잡기 위해서는 영어 시험인 LATT라는 높은 산을 넘어야 했다. 나에게는 거의 불가능에 가까운 도전이었다. 학창 시절 공부를 등한시했던 나는 영어 실력이 형편없었고, 준비할 시간도 너무나 부족했다. 하지만 포기할 수는 없었다. 이것이 내 인생의 마지막 기회일지도 모른다는 절박한 심정으로 시험장에 들어섰다.

기적은 예상치 못한 방식으로 찾아왔다. 인터뷰 담당 면접관은 내 서툰 영어를 오히려 독특한 표현 방식이라며 긍정적으로 평가해 주었다. 어설픈 회화에서 오히려 높은 점수를 받았고, 마침내 합격자 47명 중 마지막으로 이름을 올렸다. 마치 무거운 철문이 닫히기 직전, 간신히 그 안으로 미끄러져 들어간 것 같은 순간이었다.

합격자 명단을 보는 순간, 나는 놀라움을 금할 수 없었다. 나를 제외한 46명은 모두가 쟁쟁한 이력의 소유자들이었다. 대학교수, 박사과정생, 석사과정생들 사이에서 고졸 학력의 내가 있다는 것은, 마치 민들레 한 송이가 화려한 장미정원에 피어난 것 같은 기적이었다.

이 놀라운 행운이 가능했던 것은 여러 귀인의 도움 덕분이었다. 이모와의 소중한 인연, 공기업에서 나를 아껴주시던 시설과 장 과장님의 따뜻한 추천, 그리고 고체물리학 교수이신 이 박사님의 든든한 추천서까지. 이 모든 것들이 한데 어우러져 기적을 만들어냈다.

그분들은 내 인생에서 가장 고마운 은인들이며, 나에게는 행운의 수호신과도 같은 존재들이었다. 그분들이 없었다면 나는 여전히 어두운 터널 속을, 헤매고 있었을 것이다. 그들의 따뜻한 손길이 있었기에, 나는 마침내 터널을 빠져나올 수 있었다.

첫 번째 소원은 이렇게 이루어졌다. 신은 내 간절한 기도에 예상을 뛰어넘는 방식으로 응답하셨다. 단순한 직장이 아닌, 인생을 완전히 뒤바꿀 수 있는 기회를 주신 것이다. 그때 나는 깨달았다. 신의 계획은 우리의 상상을 훨씬 뛰어넘는다는 것을, 그리고 진심 어린 기도는 반드시 응답받는다는 것을.

이제 남은 것은 이 기회를 어떻게 소중히 가꾸어 나가느냐였다. 47명 중 유일한 고졸 출신으로서, 나는 이 기회가 얼마나 값진 것인지 뼈저리게 알고 있었다. 그 무게감이 오히려 나를 더욱 단단하게 만들어주었다. 누구보다 열심히 해야 했고, 누구보다 간절해야 했다.

이것이 바로 내 인생의 첫 번째 소원이 이루어진 이야기다.

하지만 이것은 끝이 아닌 시작이었다. 새로운 도전을 향해 첫발을 내딛는 순간, 나는 이미 다른 사람이 되어있었다. 더는 문경의 가난한 소년도, 서울에서 좌절했던 청년도 아닌, 프랑스로 향하는 꿈의 주인공이 되어있었다.

어쩌면 신은 우리에게 직접적인 답을 주시는 것이 아니라, 답을 찾아갈 수 있는 길을 열어주시는 것인지도 모른다. 내게 주어진 이 기적 같은 기회야말로, 그동안의 모든 고난과 시련을 견뎌낸 것에 대한 가장 완벽한 보상이었다.

제 2장

운명의 만남

9

보르도의 여정

파리에 도착한 지 일주일 만에 나는 '비시'로 향했다. 몇 달간의 프랑스어 기초 교육을 마친 후, 또다시 긴 여정이 시작되었다. 목적지는 보르도. 와인으로 유명한 프랑스 남서부의 중심 도시였지만, 그때의 나에게는 그저 두려움의 대상일 뿐이었다. 어눌한 프랑스어로 기차표를 구하고, 시간표를 확인하고, 플랫폼을 찾아가는 모든 순간이 가슴 떨리는 도전이었다.

창밖으로 스쳐 지나가는 프랑스의 시골 풍경은 마치 그림엽서 같았다. 끝없이 펼쳐진 포도밭, 하늘을 찌를 듯한 고풍스러운 성당들, 그리고 붉은 지붕의 아기자기한 마을들…. 문경의 탄광촌과는 너무나도 다른 세상이었다.

파리보다 더 작은 도시라 외국인도 적을 텐데, 말도 통하지 않는 이곳에서 어떻게 살아남을 수 있을까. 기차 창밖으로 펼쳐지는 풍경을 바라보며 불안한 마음을 달래 보았지만, 역설적으로 그 아름다운 풍경이 오히려 나의 이방인 됨을 더욱 실감케 했다.

보르도 생장 역에 도착했을 때는 이미 황혼이 깊게 드리워지고 있었다. 역사 앞에서 나는 한동안 망연자실 서 있었다. 어디로 가야 할지, 누구에게 물어봐야 할지조차 알 수 없는 상황. 마침내 용기를 내어 한 행인에게 "보르도대학"이라고 적힌 종이를 보여주었다. 그는 친절하게 버스 정류장을 가리켰지만, 그의 설명은 마치 바람 소리처럼 흘러갈 뿐이었다.

어둠이 깊어지는 낯선 도시에서, 나는 처음으로 깊은 고독을 느꼈다. 문경의 탄광촌에서도, 서울의 거리에서도 느끼지 못했던 그런 종류의 고독이었다. 말이 통하지 않는다는 것, 그것은 마치 투명한 유리 벽 안에 갇힌 것 같은 느낌이었다. 세상은 바로 눈앞에 있는데, 그 세상과 나 사이에는 언어와 낯섦이라는 보이지 않는 벽이 가로막혀 있었다.

바로 그때, 누군가가 내 어깨를 살며시 두드렸다. 뒤돌아보니 한 동양인 청년이 따뜻한 미소를 짓고 있었다.
"한국에서 오셨어요?"
그 순간의 안도감은 지금도 생생하다. 마치 깊은 어둠 속에서 한 줄기 빛을 만난 것 같았다.

그는 보르도대학에서 포도주 박사과정을 공부하고 있는 김 선배였다. 이 낯선 땅에서 만난 그는 마치 천사처럼 느껴졌다. 한국어로 대화를 나눌 수 있다는 것만으로도 가슴 한편이 따뜻해졌다.

김 선배의 도움으로 나는 학교 기숙사에 무사히 도착할 수 있었다. 기숙사 관리인은 내 서류를 보더니, 고개를 갸우뚱거리자 김 선배가 옆에서 상황을 설명해 주었고, 그제야 간신히 방을 배정받을 수 있었다.

그날 밤, 기숙사 방에 홀로 누워 천장을 바라보며 생각했다. 문경 시멘트 공장 비행장에서 별들을 보며 꿈꾸던 그 먼 나라에 이제 정말 와있다는 것이 신기하였다. "앞으로 뭘 어떻게 하지?" 당장 다음 날부터 해야 할 일들이 무겁게 밀려왔다.

이방인으로서의 첫날밤은 그렇게 시작되었다. 두렵고 설레는 마음이 교차하는 가운데, 나는 이 낯선 땅에서 새로운 도전을 시작하고 있었다.

10.
새로운 세계로

기숙사 방은 비록 좁았지만, 그곳은 오롯이 나만의 첫 공간이었다. 침대, 책상, 작은 싱크대가 전부인 이 소박한 방이, 한국에서 제대로 된 집을 가져보지 못했던 내게는 호화로운 궁전처럼 느껴졌다.

기숙사 창밖으로 펼쳐지는 풍경은 마치 동화책 속 한 페이지 같았다. 중세부터 이어져 온 듯한 고풍스러운 건물들, 정교하게 가꾸어진 정원, 그리고 저 멀리 보이는 보르도의 붉은 지붕들…. 문경의 탄광촌과는 전혀 다른 세상이 내 눈앞에 펼쳐져 있었다.

첫날 밤, 나는 창가에 오래도록 서서 이 낯선 풍경을 바라보았다. 이곳에서의 삶이 어떻게 펼쳐질지, 앞으로 무엇을 만나게 될지 알 수 없었다. 하지만 한 가지는 분명했다. 이제 돌아갈 수는 없다는 것. 성공해서 돌아가거나, 아니면 영원히 이곳에서 사라지거나. 그것이 내게 주어진 유일한 선택지였다.

더욱 놀라운 것은 장학금이었다. 일반 학생들보다 두 배나 많은 금액을 받게 되었다. 처음 장학금을 받아 든 날, 나는 한동안 숫자들을 멍하니 바라보았다. 문경 탄광촌에서 아버지가 한 달 동안 목숨을 걸고 번 돈보다도 많은 액수였다. 이제는 더 이상 생계를 걱정하지 않아도 되었다. 그동안 늘 따라다녔던 가난의 그림자가 서서히 걷히는 것 같았다.

보르도대학의 캠퍼스는 그 자체로 하나의 작은 도시였다. 널찍한 잔디밭, 고풍스러운 건물들, 도서관과 연구실이 즐비한 이곳에서 나는 새로운 나를 발견해 갔다. 더 이상 탄광촌의 가난한 청년이 아닌, 무한한 가능성을 품은 유학생으로서의 나를 만나게 되었다.

학업은 생각보다 훨씬 더 험난했다. 비시에서 배운 기초 프랑스어로는 전문적인 공학 수업을 따라가기가 버거웠다. 하지만 이상하게도 두렵지는 않았다. 오히려 모든 것이 새롭고 흥미진진했다. 마치 어린 시절 문경 비행장에서 별을 세던 때처럼, 호기심과 설렘으로 가득했다.

수업이 끝나면 도서관에서 밤늦게까지 공부했고, 모르는 것이 있으면 주저 없이 교수님들을 찾아갔다. 서툰 프랑스어로 더듬더듬 설명해도, 교수님들은 놀라운 인내심으로 이해할 때까지 설명해 주셨다.

주말이면 보르도의 거리를 홀로 거닐었다. 플라타너스가 늘어선 대로를 따라 걸으며 와인 가게들을 구경하고, 때로는 작은 카페에 앉아 에스프레소를 마시며 지나가는 사람들을 바라보았다. 문경의 탄광촌에서는 감히 상상도 못 했던 여유로운 시간이었다.

특히, 보르도의 상징인 부르스 광장과 대극장 주변은 언제나 활기가 넘쳤다. 수많은 인파 속에 섞여 중세의 숨결이 살아있는 프랑스 건축물들을 바라보며 걸을 때면, 이 모든 것이 꿈이 아닌지 종종 나자신에게 되물었다.

저녁이면 기숙사 공동 주방에서 세계 각지에서 온 유학생들과 어울렸다. 서툰 프랑스어로 대화를 나누며, 각자의 나라 음식을 만들어 나누어 먹었다. 아프리카, 중동, 유럽 각지에서 온 학생들과의 만남은 내 세계관을 완전히 새롭게 바꾸어놓았다.

특히 마다가스카르에서 온 중국계 친구와 가깝게 지냈는데, 그는 자기 고향 음식을 나누며 한국의 태권도에 대해 끊임없는 호기심을 보였다.

하지만 가끔은 깊은 고독이 찾아왔다. 특히 흐린 날이면 고향 생각이 사무치게 났다. 어머니의 된장찌개 냄새, 아버지의 마지막 눈빛, 문경 시멘트 공장 비행장에서 바라보던 별들…. 그럴 때면 나는 보르도의 거리를 더 오래 걸었다. 마치 걸음으로 그리움의 무게를 덜어내려는 듯이.

보르도대학 캠퍼스는 너무나 넓어서 시내버스가 캠퍼스 내부를 운행했다. 학교생활에 조금씩 적응해 가던 어느 날이었다. 장학금을 받으러 CROUS라는 장학금 지급처로 향하는 버스에 올랐다. 그날따라 왠지 가슴이 설렜다. 마치 운명이 새로운 장을 준비하고 있다는 듯한, 묘한 예감이 나를 감쌌다.

11
운명의 만남

버스에 올라 자리에 앉았을 때였다. 맞은편에 앉아 있는 한 소녀가 내 시선을 사로잡았다. 까무잡잡한 피부에 화장기 하나 없는 수수한 얼굴, 자연스러운 콧날, 맑고 큰 새까만 눈동자가 인상적이었다. 캠퍼스의 수많은 프랑스 여학생처럼 화려하지는 않았지만, 오히려 그 자연스러움이 더욱 눈길을 끌었다.

순간 이상한 용기가 솟았다. 마치 다른 사람이 된 것처럼, 평소의 나답지 않게 말을 걸었다.

"손금을 봐 드릴 테니 손 좀 보여주시겠어요?"

내 서툰 프랑스어에도 그녀는 미소를 지으며 한마디 말없이 손을 내밀었다. 사실 나는 손금을 볼 줄도 몰랐다. 그저 대화의 실마리를 찾고 싶었을 뿐이었다.

"오래 살고 잘 살겠네요!"

즉흥적으로 던진 말에 그녀는 "잘 못 보는 거 아니에요?"라며 함께 웃었다. 그렇게 우리는 어색하지만, 따뜻한 대화를 시작했다. 그녀가 어느 기숙사에 사는지, 무슨 공부를 하는지….

버스에서 짧은 만남을 통해 알게 된 그녀의 이름은 '혜진'이었고, 열여덟 살이었다. 그녀의 순수함과 성숙함이 뒤섞인 모습이 내 마음에 깊이 남았다. 대화를 나누면서 그녀가 프랑스 본토 출신이 아니라는 사실을 알게 되었다. 그녀는 카리브해의 작은 섬, 과들루프 출신이었다. 비록 프랑스의 해외 영토였지만, 본토와는 그 문화적 거리감이 상상 이상이었다.

사실 그날의 만남은 결코 우연이 아니었을지도 모른다. 버스에 오르던 순간부터 이상한 예감이 들었다. 마치 오래전부터 기다려온 누군가를 만나게 될 것 같은 떨림이 온몸을 감쌌다. 그리고 정말로, 맞은편 자리에 앉아 있던 그녀를 보는 순간, 시간이 멈춘 듯했다.

그녀의 눈빛 속에서 나는 같은 상처와 외로움을 보았다. 고향을 떠나 낯선 땅에서 살아가는 이방인의 쓸쓸함이, 마치 거울을 보는 것처럼 선명했다. 우리는 서로 다른 대륙에서 왔지만, 같은 운명을 살고 있었다.

주말이면 함께 보르도의 거리를 걸으며, 각자의 고향 이야기를 나누었다. 카리브해의 투명한 푸른 바다와 문경의 쏟아지는 별들, 전혀 다른 두 세계가 우리의 이야기 속에서 하나로 어우러져 갔다. 우리의 만남은 우연이 아닌, 어쩌면 신이 예정해 둔 운명이었는지도 모른다.

지금도 생각난다. 그날 그녀가 버스에서 내리며 돌아본 뒤의 미소가, 그 순간 나는 직감적으로 알았다. 이 만남이 내 인생을 완전히 바꿔놓을 거라는 것을. 마치 오래전 문경 비행장에서 별을 보며 꿈꾸었던 그 특별한 순간처럼, 이 만남도 내 삶의 새로운 장을 열어줄 것이라고.

그 후로 우리는 자주 마주치게 되었다. 같은 시간에 같은 버스를 탔고, 때로는 캠퍼스 도서관에서 우연히 눈이 마주쳤다. 처음에는 서로 수줍은 미소만 주고받았지만, 점차 대화가 깊어져 갔다.

혜진은 심리학을 전공하는 문학소녀였다. 나중에야 알게 된 사실이지만, 과들루프에서 글짓기로 대상을 받은 실력자였다. 말수는 적었지만, 한 마디 한 마디가 깊이가 있었다.

고향에 관한 그리움과 외로움, 그리고 새로운 환경에 적응해야 하는 두려움까지. 우리는 말하지 않아도 서로의 마음을 읽을 수 있었다. 혜진은 착하고 조용한 성격이었다. 화장기 없는 얼굴에서 자연스러운 아름다움이 묻어났고, 그녀의 차분함은 내 마음을 편안하게 해주었다. 말이 많지 않아 심심해 보일 때도 있었지만, 그 고요함이 오히려 우리의 관계를 더욱 깊게 만들었다.

우리는 자주 부르스 광장과 마론 광장의 카페 앞에서 사진을 찍고, 카페에 앉아 이야기를 나누었다. 서로의 고향 이야기, 꿈 이야기, 그리고 앞으로의 계획들을 나누었다. 그녀의 곁에 있으면 이방인이라는 외로움도, 유학 생활의 어려움도 모두 잊을 수 있었다.

우리의 관계는 자연스럽게 깊어졌다. 유학 생활의 고독과 향수병을 서로 위로하며, 우리는 점점 더 가까워졌다. 다른 연인들처럼 화려한 데이트를 하지는 못했지만, 함께 있는 것만으로도 충분했다. 도서관에서 공부하다 서로 눈이 마주칠 때면, 그것만으로도 가슴이 설렜다.

"한국은 어떤 곳이에요?" 그녀가 물었을 때, 나는 잠시 말을 고르며 침묵했다. 어떻게 설명해야 할까. 아버지의 진폐증, 어머니의 고된 노동, 가난했던 유년 시절…. 하지만, 그것만이 전부는 아니었다. 문경 시멘트 공장 비행장에서 바라보던 별들, 산딸기를 따주시던 아버지의 사랑, 그리고 그 모든 것이 나를 여기까지 오게 한 원동력이 되었다는 것을.

"한국에는 사계절이 있어요." 나는 천천히 말을 이어갔다. "봄에는 벚꽃이 피고, 여름에는 매미 소리가 울려 퍼지죠. 가을이면 산들이 온통 붉게 물들고, 겨울에는 하얀 눈이 내려요."
혜진은 마치 동화를 듣는 아이처럼 눈을 반짝이며 내 이야기에 귀를 기울였다. 그 순수한 눈빛에 용기를 얻어, 나는 처음으로 내 과거를 누군가에게 진심으로 털어놓고 싶어졌다.

"하지만 내가 자란 곳은 좀 달랐어요. 탄광촌이었거든요. 하늘은 늘 회색빛이었고, 아버지는 진폐증으로 고생하셨죠. 그래도 그곳에는 특별한 것이 있었어요. 시멘트 공장 옆 비행장이요. 거기서 밤하늘의 별들을 보며 꿈을 꾸었죠."

우리의 대화는 주로 해 질 무렵 보르도의 작은 공원에서 이루어졌다. 붉게 물든 하늘을 배경으로, 우리는 각자의 이야기를 조금씩 나누었다. 그것은 마치 두 개의 다른 세계가 만나 하나의 아름다운 이야기를 만들어가는 것 같았다. 카리브해의 푸른 파도와 문경의 반짝이는 별들이 어우러져, 우리만의 특별한 동화를 써 내려 가고 있었다.

12
갈라진 길

우리의 행복한 시간도 잠시, 예상치 못한 운명의 칼날이 찾아왔다. 프랑스 교육청으로부터 받은 한 통지서가 모든 것을 바꾸어놓았다. "셍떼띠엔"의 국립 엔지니어 학교로 배정되었다는 내용이었다. 처음에는 그 의미를 제대로 이해하지 못했다. 하지만 지도를 펼쳐보는 순간 가슴이 철렁 내려앉았다. 보르도에서 왕복 800km나 떨어진 곳이었다.

혜진에게 이 소식을 전하는 것은 더욱 힘들었다. 늘 만나던 캠퍼스 버스에서, 나는 떨리는 목소리로 이야기를 꺼냈다. 그녀는 잠시 아무 말도 하지 못했다. 그저 창밖을 바라보며 눈물을 참는 모습이 지금도 선명하다.

마지막 며칠은 꿈처럼 흘러갔다. 우리는 평소보다 더 많은 시간을 함께 보냈다. 부르스 광장을 걸으며, 카페에서 커피를 마시며, 도서관에서 공부하며…. 마치, 시간을 붙잡아두려는 듯이. 하지만 시간은 무정하게도 흘러갔고, 떠나야 할 순간이 다가왔다.

셍떼띠엔으로 떠나기 전날 밤, 우리는 보르도의 중앙거리에서 마지막 산책을 했다. 가로등 불빛 아래 혜진의 눈에 맺힌 눈물이 별처럼 반짝였다. 그동안 차분하고 담담했던 그녀였지만, 그날만큼은 감정을 숨기지 못했다. 나 역시 마음이 무거웠다. 이제 막 피어나기 시작한 우리의 이야기가 이렇게 끝나버리는 것만 같아서.

"우리 꼭 다시 만날 거예요." 혜진이 작은 목소리로 말했다.
"그래, 반드시 만날 거야." 나는 그녀의 손을 꼭 잡았다.

13.

왕복 800km의 사랑

 생떼띠엔에서 첫날부터, 나는 혜진이 미치도록 그리웠다. 학교 공부는 어려웠고, 새로운 환경에 적응하기도 쉽지 않았다. 하지만 그보다 더 견디기 힘든 것은 그녀의 부재였다. 매일 아침 캠퍼스에서 마주치던 그 미소가, 도서관에서 공부하다 나누던 눈빛이, 주말의 산책이…. 모든 순간이 그리움으로 가득했다.

 결국, 나는 무모한 결심을 했다. 히치하이킹으로 보르도까지 가기로 한 것이다. 주머니 사정이 넉넉지 않았기에 할 수 있는 유일한 선택이었다. 800km라는 거리는 분명 아득했지만, 혜진을 향한 그리움 앞에서는 그리 대수롭지 않게 느껴졌다.

 히치하이킹의 여정은 매번 새로운 모험이었다. 이른 아침, 도로변에 서서 지나가는 차들을 향해 엄지손가락을 들어 올리는 것으로 하루가 시작되었다. 때로는 몇 시간을 기다려야 했고, 비가 오는 날이면 온몸이 젖은 채로 서 있어야 했다. 하지만 그 모든 것이 혜진을 만날 수 있다는 생각 하나로 견딜 만했다.

차를 태워준 사람들과 만남도 잊지 못할 추억이 되었다. 트럭 운전사, 바캉스를 떠나는 가족들, 출장 가는 회사원들…. 그들은 각자의 이유로 나를 태워주었고, 저마다의 이야기를 들려주었다. 한번은 한 노부부가 나를 태워주었는데, 그들은 자신들의 젊은 시절 사랑 이야기를 들려주며 내 사랑의 여정을 응원해 주었다.

하지만 위험한 순간도 있었다. 어떤 운전자는 과속을 일삼았고, 술에 취한 채로 운전하는 이도 있었다. 한번은 늦은 밤, 한적한 도로에서 수상한 차량의 제안을 거절한 적도 있었다. 그때 느낀 두려움은 지금도 생생하다. 그래도 혜진을 만날 수 있다는 생각이 그 모든 두려움을 이겨내게 해주었다.

하지만 보르도에 도착해서 혜진을 만나는 순간, 그 모든 고생은 안개처럼 사라졌다. 그녀는 늘 캠퍼스 입구에서 나를 기다리고 있었다. 멀리서 그녀의 모습이 보이면, 온몸의 피로가 한순간에 달아났다. 우리는 마치 오랫동안 헤어졌다 만난 연인처럼 서로를 꼭 껴안았다.

함께 보내는 시간은 너무나 짧았다. 보통 이틀이나 사흘 정도가 전부였다. 하지만 그 시간 동안 우리는 몇 달 치의 이야기를 나누었다. 혜진은 내게 심리학 수업에서 배운 흥미로운 이론들을 설명해 주었고, 나는 엔지니어링 학교의 활동을 들려주었다. 때로는 그저 침묵 속에서 서로의 온기를 느끼며 시간을 보내기도 했다.

"히치하이킹은 너무 위험해요."
혜진은 늘 걱정스러운 눈빛으로 말했다.
하지만 나는 괜찮다고, 조심하겠다고 약속했다. 사실 그보다 더 위험한 것은 그녀를 보지 못하는 것이었다. 보르도를 떠날 때마다 가슴 한편이 무너져 내리는 것 같았지만, 다음 만남을 기약하며 버틸 수 있었다.

돌아가는 길은 늘 더 힘들었다. 그녀의 모습이 점점 멀어지는 것을 백미러로 바라보며, 나는 자주 눈물을 삼켜야 했다. 밤늦게 셍떼띠엔에 도착해서는 다음 날 수업을 위해 밤을 새워 공부해야 했다. 하지만 이상하게도 그 고단함이 괴롭지 않았다. 혜진을 만난 행복이 모든 피로를 덮어 주었다.

800km의 거리는 우리의 사랑을 시험하는 것 같았다. 하지만 오히려 그 거리가 우리의 마음을 더 단단하게 만들었는지도 모른다. 거리가 멀수록 그리움은 깊어졌고, 만남은 더욱 소중해졌다. 문경 시멘트 공장의 비행장에서 별을 보며 꿈꾸던 사랑이, 이제는 프랑스의 길 위에서 실현되고 있었다.

그렇게 우리는 800km라는 거리를 사랑으로 이어갔다. 때로는 위험하고, 때로는 고단했지만, 서로를 향한 마음만은 그 어느 때보다 선명했다. 보르도와 셍떼띠엔 사이의 긴 도로는, 우리의 사랑이 새겨진 특별한 지도가 되어갔다. 그리고 그 지도 위에는 우리만의 이야기가, 한 걸음 한 걸음 새겨지고 있었다.

14

시련의 길

히치하이킹으로 시작된 여정은 매번 새로운 도전이었다. 위험한 순간들도 있었지만, 이상하게도 두렵지 않았다. 어쩌면 어린 시절부터 느껴왔던 그 수호신의 존재가 이번에도 나를 지켜주고 있었는지 모른다. 특히 리모주 근처에서 발생한 아찔했던 순간, 나를 지켜준 것은 오직 신앙심이었다.

그날은 유난히 맑은 날씨였다. 보르도에서 혜진과 헤어진 후의 아쉬움을 가슴에 안고 히치하이킹을 하고 있었다. 한 프랑스 남자가 차를 세워주었고, 목적지가 비교적 가까워 안도했던 것도 잠시. 갑자기 그가 이유 없이 와이퍼를 켜고 유리 세정액을 뿌리기 시작했다.

"O.K?"

그의 질문에 나는 무슨 의미인지 몰라 되묻기만 했다. 그때 그가 내 허벅지에 손을 얹으며 낮은 목소리로 속삭였다.

"우리 club이 있는데 거기서 즐기다 가자."

순간 등줄기로 식은땀이 흘렀다. 달리는 차 안에서 공포와 두려움이 엄습해 왔다. 나는 최대한 침착하게 대응하려 했다.

"나는 신의 뜻을 거스르며 살지 않습니다."

하지만 그는 차를 멈추지 않았고, 상황은 점점 더 위험해져만 갔다.

공포와 두려움이 엄습해 왔다. 달리는 차 안에서 나는 필사적으로 탈출구를 찾았다. 결국, 옆문을 힘껏 열어버리려 했고, 그 순간의 긴박함이 통했는지 그는 마지못해 차를 세워주었다. 차에서 내린 후에도 한동안 다리가 후들거렸다. 혼자 남겨진 도로변에서, 나는 처음으로 히치하이킹의 진정한 위험을 실감했다.

이 이야기를 나중에 학교 친구들에게 했을 때, 그들은 웃음을 터뜨렸다.

"그거 '뻬대'야! '뻬대'를 만난 거라고!"

'뻬대'는 동성애자를 의미하는 프랑스 은어였다. 친구들 사이에서 한동안 웃음거리가 되었지만, 그날의 공포는 쉽게 잊히지 않았다.

하지만 위험한 히치하이킹보다 더 큰 시련이 학교에서 기다리고 있었다. 내 성격은 프랑스 교육 시스템과 잘 맞지 않았다. 특히 비사교적이고 독립적인 성향은 프랑스식 텃세 문화와 심하게 충돌했다. 학장과의 관계는 점점 더 서먹해졌고, 결국 그는 나를 다른 학교로 전출 보내기로 확정했다.

학장과의 갈등이 깊어지면서, 결국 문부성 담당자와의 면담 통보를 받았다. 그때 내 주머니에는 파리까지 갈 기차표를 살 돈조차 없었다. 학장과의 갈등으로 장학금이 끊긴 것이었다. 나는 또다시 파리까지 히치하이킹을 해야 했다.

문부성으로 가는 발걸음은 매우 무거웠다. 담당자는 '마드모아젤 델피루'라는 여자 공무원이었다. 그녀의 모습은 내가 상상했던 공무원의 이미지와는 너무나 달랐다. 온몸에 화려한 장신구를 달고 코뚜레까지 한 그녀를 보며, 나는 속으로 "저거 공무원 맞아?"라는 생각이 들었다.

커다란 책상 뒤에서 거만한 자세로 앉아 있던, 그녀는 나를 위협하듯 말했다.
"자꾸 문제를 일으키면 너를 한국으로 보낼 수도 있어."
그 순간 나의 고집스러운 성격이 발동했다. 평생 굽히고 살아본 적 없는 내가 이 오만한 태도 앞에서 굴복할 수는 없었다.

"그럼 지금 보내도 괜찮습니다."
내 예상치 못한 반응에 그녀는 격분했다.
"너 미친 거 아냐? 내일 다시 와!"
손을 휘저으며 나가라는 그녀의 고함이 사무실에 울렸다.

낯선 천사의 등장

건물을 나서자, 파리의 차가운 현실이 기다리고 있었다. 주머니에는 돈이 없었고, 밤을 보낼 곳도 없었다. 어깨의 가방은 그 어느 때보다 무겁게 느껴졌다. 군복 상의에 청바지를 입은 초라한 모습으로 "피갈" 지역을 터벅터벅 걷고 있을 때였다.

누군가가 내 어깨를 툭툭 쳤다. 돌아보니 지하철에서 나를 유심히 지켜보던 젊은 여성이었다.

"너 잘 데 없으면, 여기 내 집으로 와."

그녀는 주소가 적힌 쪽지를 건네주고는 "저녁에 보자"라는 말만 남기고 사라졌다.

낯선 이의 제안에 망설였다. 하지만 그날 밤 내가 선택할 수 있는 다른 옵션은 없었다. 주소를 따라 찾아간 그곳에서 한참 동안 기다렸다. 그녀의 정체가 궁금해 온갖 생각이 들었다. 하지만 그녀는 약속한 대로 돌아와 나를 반갑게 맞아 주었고, 따뜻한 저녁 식사까지 대접해 주었다.

그날 밤, 낯선 천사의 도움으로 따뜻한 잠자리를 얻을 수 있었다. 이 우연한 만남은 내게 또 하나의 교훈을 주었다. 인연이란 것은 가장 절박한 순간, 예기치 않은 방식으로 찾아온다는 것을. 마치 보르도에서 혜진을 만났던 것처럼.

다음 날, 무거운 발걸음으로 다시 문부성을 찾았다. 마드모아젤 델피루는 여전히 불쾌한 기색이 역력했다. 그녀의 목소리에는 어제의 분노가 그대로 묻어있었다.

"브장송에 있는 대학교에서 너를 받아주기로 했으니 그리로 가봐! 그 대학교 교수는 한국 모 대학교에 잠시 교환교수 경험이 있어 그가 좋다고 승낙하였으니 너를 받아줄 수 있는 유일한 교수야. 거기가 아니면 넌 귀국해야 돼!"

그녀의 말투는 최후통첩과도 같았다. 선택의 여지는 없었다. 브장송으로 가든지, 아니면 한국으로 돌아가든지. 그것은 자유의지가 없는 선택이었다. 하지만 나에게는 돌아갈 수 없는 이유가 있었다. 바로 혜진이었다.

시련은 계속되고 있었다. 셍떼띠엔에서 브장송으로, 또다시 낯선 곳으로 가야 했다. 하지만 이상하게도 두렵지 않았다. 어쩌면 이 모든 것이 내가 걸어가야 할 운명의 길인지도 모른다는 생각이 들었

다. 문경의 탄광촌에서 시작된 여정이, 이제는 프랑스 전역을 가로
지르는 긴 여행이 되어가고 있었다.

16
브장송에서 재회

브장송. 프랑스 동부의 조용한 소도시라는 말에 가슴이 먹먹해졌다. 보르도에서 더 멀어진다는 것, 그것은 혜진과의 거리가 더욱 멀어진다는 것을 의미했다. 하지만 지금은 살아남아야 할 때였다. 유학을 포기하고 한국으로 돌아간다면, 그것은 혜진과의 영원한 이별을 의미할 테니까.

스위스와 가까운 이 도시는 프랑스 화가 귀스타브 쿠르베의 고향이기도 했다. 예술과 문화의 향기가 깊이 배어있는 곳이었다. 다행히도 그곳에는 몇 명의 한국인들이 있었다. 주로 불어를 전공하는 유학생들이었지만, 그들의 존재만으로도 큰 위안이 되었다.

하지만 내 머릿속은 온통 혜진 생각뿐이었다. 이제는 보르도와의 거리가 더욱 멀어져, 히치하이킹으로도 쉽게 갈 수 없을 것 같았다. 게다가 새로운 학교에서 다시 시작해야 한다는 부담감, 끊긴 장학금 문제…. 모든 것이 폭포수처럼 한꺼번에 밀려왔다.

그날 밤, 떨리는 손으로 혜진에게 편지를 썼다. 상황을 설명하고,

브장송으로 가게 된 사연을 털어놓았다. 편지의 마지막에는 이렇게 적었다.

"거리가 멀어져도 내 마음만은 변함없을 거야. 반드시 다시 만나자."

브장송에 도착한 첫날, 도시의 고즈넉한 분위기가 마음을 달래주었다. 스위스와 가까운 이 작은 도시는 파리나 보르도와는 다른, 독특한 매력이 있었다. 몇몇 한국인 불어 전공자와의 만남은 낯선 환경에 적응하는데, 큰 도움이 되었다.

하지만 진정한 기적은 혜진에게서 왔다. 내가 브장송으로 옮기게 되었다는 소식을 전하자, 그녀는 놀라운 결정을 내렸다. 다음 학기에 브장송으로 전학을 오겠다는 것이었다. 그녀의 편지를 읽는 순간, 내 마음속의 모든 불안과 걱정이 봄눈 녹듯 사라졌다.

"당신이 있는 곳이라면, 저도 거기 있을게요."
그녀의 말에는 한 치의 망설임도 없었다. 심리학을 공부하던 그녀가 브장송으로 옮겨온다는 것은 결코 쉬운 결정이 아니었을 텐데, 그녀는 우리의 사랑을 선택했다. 그때 나는 처음으로 깨달았다. 진정한 사랑은 거리로 측정할 수 없다는 것을. 우리의 만남이 단순한 우연이 아닌, 정해진 운명이었다는 것을.

문경의 가난한 소년이 프랑스에서 이토록 순수한 사랑을 만나리라고는, 그 누구도 예상하지 못했을 것이다. 하지만 이것이야말로 신이 내게 준 가장 큰 선물이었다. 보쌈으로 시작된 우리 가문의 인연이, 이제는 자유로운 선택으로 이어진 사랑으로 새롭게 피어나고 있었다.

마침내 혜진이 브장송에 도착했을 때, 우리의 일상은 완전히 새로워졌다. 더는 800km를 오가는 위험한 히치하이킹은 필요 없었다. 매일 아침 서로의 얼굴을 보며 시작하는 하루하루가 특별한 선물처럼 느껴졌다.

브장송의 고즈넉한 거리를 함께 걸으며, 우리는 새로운 꿈을 키워갔다. 쿠르베의 도시답게 예술의 향기가 가득한 이곳에서, 카리브해의 소녀와 탄광촌의 소년이 만들어가는 사랑은 또 하나의 아름다운 그림이 되어갔다.

처음에는 시련처럼 느껴졌던 브장송으로의 이동이, 이제는 우리에게 가장 큰 축복이 되었다. 셍떼띠엔에서의 갈등, 파리에서의 위기, 그 모든 것들이 결국은 우리를 이곳으로 인도하기 위한 과정이었던 것처럼.

문경 시멘트 공장의 비행장에서 별을 보며 꿈꾸던 그 소년은, 이제 프랑스의 작은 도시에서 자신만의 별을 찾았다. 그리고 그 별은 다름 아닌 혜진이었다.

제 3장

제2의 인연

17

그레노블의 시험

브장송에서 첫 학기를 턱걸이로 마치고, 한국에서 교환교수 경험이 있던 학장은 나에게 특별한 관심을 보였다. 그는 자주 나를 집으로 초대했고, 진심 어린 조언을 해주었다. 결국, 그는 내 불어 실력 향상을 위해 그레노블 대학에서 어학연수 할 것을 제안했다. 그것은 나의 불어 실력 향상을 위한 여정이었지만, 동시에 운명이 준비한 또 다른 시험이 될 줄은 몰랐다.

그레노블 기차역에 도착했을 때, 나는 여느 때처럼 테니스 라켓이 든 군용 백을 메고 있었고, 캠퍼스행 버스를 기다리고 있었다.

"니혼징 데스까?"

한 동양 여성이 다가와 일본어로 물었다. 검은 머리카락이 반듯하게 어깨에 닿은 세련된 모습의 그녀는 다카코 사토라고 했다.

"아니요, 한국인입니다."

내가 일본어로 대답하자, 그녀는 반가워하며 도쿄 신주쿠에서 왔다고 했다. 우리는 자연스럽게 불어로 대화를 이어갔고, 그녀는 기숙사 번호를 건네주며 놀러 오라고 했다.

처음에는 거리감이 있었다. 일제강점기의 역사가 만든 상처가 여전히 내 마음 한편에 자리 잡고 있었기 때문이다. 일제강점기를 겪은 할아버지의 쓰라린 이야기들, 어릴 적 교과서에서 배운 가슴 아픈 역사 들이 스쳐 지나갔다. 하지만 이방인의 땅에서 마주친 그녀의 미소는, 그 어떤 역사의 무게보다도 가볍고 순수했다.

운명은 다음 날 우리를 학교 식당에서 우연히 마주치게 했다. 서로 어색한 웃음을 교환했고, 그때부터 우리의 인연이 시작되었다.

다카코는 프랑스 문학을 사랑하고 프랑스어를 전공한 대학생이었다. 더 깊은 어학 공부를 위해 그레노블에 왔다고 했다. 우리는 점차 가까워졌다. 아마도 낯선 땅에서 느끼는 아시아인으로서의 외로움이 우리를 자연스럽게 가깝게 만들었는지도 모른다.

특히 테니스장은 우리의 주된 만남의 장소가 되었다. 공을 주고받으며 이야기를 나누었고, 경기가 끝난 후에는 그늘에서 쉬며 각자의 이야기를 털어놓았다. 다카코는 신주쿠의 번화가에 대해, 그리고 어린 시절의 추억에 관해 이야기했다. 그녀의 말투에는 늘 자신감이 들어 있었다.

"언제든 일본에 놀러 와요. 신주쿠의 야경을 보여드릴게요."
그녀의 초대는 진심 어린 것이었다. 하지만 나는 그저 미소로만

답할 수 있었다. 내 마음속에는 이미 혜진이 있었고, 브장송으로 돌아가야 한다는 것을 알고 있었기 때문이다.

한 달이라는 시간은 생각보다 빨리 흘렀다. 떠나기 전날, 나는 다카코에게 작별 인사를 했다. 그녀는 고요한 미소를 지으며 나의 떠남을 받아들였다. 우리는 연락을 주고받기로 약속했지만, 나는 그것이 마지막 만남이 될 것이라는 걸 어렴풋이 알고 있었다.

브장송으로 돌아가는 기차 안에서, 내 마음은 이미 혜진을 향해 달리고 있었다. 창밖으로 스쳐 지나가는 프랑스의 풍경을 보며, 나는 다카코와의 추억을 조용히 접어두었다. 그것은 그레노블이라는 도시에만 존재할 수 있었던 특별한 인연으로 남겨두기로 했다.

기차가 브장송에 도착했을 때, 혜진이 역에서 기다리고 있었다. 그녀의 모습을 보는 순간, 그레노블에서의 모든 기억은 마치 꿈처럼 흐릿해졌다. 한 달 만의 재회였지만, 마치 오랜 세월을 떨어져 있었던 것처럼 그리웠다.

그레노블에서의 한 달은 마치 운명이 준비한 또 다른 시험 같았다. 다카코와의 만남을 통해 나는 역사의 아픔을 넘어 한 인간으로서 서로를 이해할 수 있다는 것을 배웠다. 하지만 동시에 혜진에 대한 내 마음이 얼마나 깊은지도 깨달았다.

브장송의 가을은 유난히 아름다웠다. 혜진과 나는 "두"(doubs) 강변을 따라 자주 산책했다. 시타델 요새에서 내려다보는 도시의 전경은 마치 한 폭의 그림 같았다. 우리는 그곳에서 미래를 이야기했다. 학업을 마치고 어떤 삶을 살지, 어디에서 살지. 모든 것이 불확실했지만, 함께라면 어떻게든 될 거라고 믿었다.

다카코와 주고받기로 한 편지 약속은 결국 지키지 않았다. 그것은 단순한 망설임이 아닌, 진심 어린 선택이었다. 혜진에 대한 진실한 마음과 다카코와의 순수한 만남 사이에서, 나는 침묵하는 것이 최선이라 생각했다.

문경 비행장에서 별을 보며 꿈꾸던 그 소년은, 이제 프랑스에서 진정한 사랑의 의미를 배우고 있었다. 그레노블에서의 한 달은 내게 특별한 시험이었고, 그 시험을 통해 나는 더욱 단단해졌다. 혜진을 향한 내 마음이 얼마나 깊은지, 그리고 그 사랑이 얼마나 소중한지를 다시 한번 확인할 수 있었다.

18
선택의 무게

시간이 흐를수록 가슴 한편의 불안은 커졌다. 5년 전 한국에서 받았던 신체검사의 군대 입대 기한이 다가오고 있었다. 매일 밤 달력을 볼 때마다, 남은 시간이 모래시계의 모래알처럼 빠르게 흘러내리는 것을 느꼈다.

혜진에게 이 사실을 고백하는 날, 겨울비가 내리고 있었다.

"결국, 한국으로 돌아가야 하는구나! 안 가면 안 될까?"

그녀의 떨리는 목소리는 지금도 내 귓가에 생생하다. 법과 의무라는 냉정한 현실 앞에서, 우리의 사랑은 너무나 나약해 보였다.

마지막 날들은 모래시계의 모래알처럼 빠르게 흘러갔다. 우리는 더 많은 시간을 함께하려 했고, 매 순간을 소중히 여겼다. 하지만 운명은 우리에게 더 큰 시험을 던졌다.

"만약 내 배에 아기가 있다면 어떻게 할 거야?"

그녀의 질문은 깊은 밤하늘에 떨어진 유성처럼 나를 강타했다.

어쩌면 그때의 나는, 할머니가 보쌈으로 이 집안에 들어오실 때처럼 강요된 선택 앞에서 두려움을 느꼈는지도 모른다.

　스물네 살, 아직 미성숙했던 나는 그녀의 말에 담긴 진심과 절박함을 이해하지 못했다. 아니, 어쩌면 이해하기를 거부했는지도 모른다. 패닉 상태에 빠진 나는 최악의 선택을 했다.

　"안 돼."
　그러고는 아기를 발로 차는, 마음에 없는 우스꽝스러운 시늉까지 했다. 그 순간 혜진의 눈에 스친 실망감을 보았고, 마음에 얼마나 많은 깊은 상처를 남겼을지, 지금도 생각하면 가슴이 무너진다.

　그 이후의 날들은 마치 흑백영화처럼 색을 잃어갔다. 혜진은 더 이상 예전처럼 웃지 않았고, 우리 사이에는 보이지 않는 벽이 생겼다. 사랑한다는 말조차 공허하게 울렸다. 우리는 서로를 바라보며 아무 말도 하지 못했다. 때로는 침묵이 가장 큰 비명이 되기도 한다는 것을 그때 처음 알았다.

　한국행 비행기를 타기 전날, 나는 마지막으로 그녀의 모습을 찾았다. 하지만 그녀는 오지 않았다. 아마도 그것이 우리의 운명이었을 것이다. 4년이라는 시간 동안 프랑스는 나에게 많은 것을 가르쳐주었다. 언어와 문화를 넘어, 가장 중요한 것은 진정한 사랑의 의미와 그것을 지키지 못했을 때의 후회였다.

지금도 가끔 브장송의 그날들을 떠올린다. 만약 그때 다른 선택을 했다면 어땠을까? 하지만 인생에는 'If'가 존재하지 않는다. 다만 그 시절의 아픔과 후회가 나를 더 성숙시켰다는 것은 분명하다. 사랑은 때로 우리가 감당하기 힘든 운명의 무게로 다가오지만, 그 무게를 견뎌내는 것 또한 우리의 몫이다.

그리고 이제야 깨닫는다. 진정한 사랑은 상대방의 아픔을 이해하고, 그 아픔을 함께 나누는 것이었음을. 혜진에게 미안하다는 말을 전하지 못한 것이 아직도 가슴 한편에 응어리로 남아있다. 하지만 이제는 안다. 그때의 그 아픔이 없었다면, 나는 지금의 내가 되지 못했으리라는 것을.

19

일본에서의 유혹

그러나 운명은 또 다른 시험을 준비하고 있었다. 당시는 한국으로 돌아가는 비행기가 일본을 경유하게 되어있었다. 하네다 공항에서 환승 중, 그레노블에서 만났던 다카코가 마중을 나와주었다. 그녀는 여전히 그때의 모습 그대로였다.

다카코는 나를 며칠 묵고 가라며 제안했고, 우리는 다카코의 집이 있는 신주쿠로 향했다. 고층 빌딩 사이로 반짝이는 네온사인들이 마치 별들처럼 빛났고, 그 속에 자리 잡은 다카코의 집은 또 다른 세계를 보는 것 같았다. 방마다 설치된 컬러 TV, 최신식 가전제품들, 그리고 차고에 있는 자동차와 오토바이까지, 당시 흑백 TV조차 귀했던 한국의 현실과는 너무나 대조적이었다.

다음날 가마쿠라로 향하는 길에서 다카코는 능숙하게 자동차를 몰았다. 창밖으로 스쳐 지나가는 일본의 풍경은 마치 영화의 한 장면 같았다. 고토쿠인의 대불 앞에서 찍은 사진 속에서 우리는 마치 오랜 연인처럼 보였다. 그때는 몰랐다. 이 평화로운 순간이 곧 인생의 중대한 선택의 순간으로 이어질 거라는 것을.

다카코의 어머니는 마치 오랫동안 준비해 온 이야기처럼 자연스럽게 청혼을 꺼냈다. 차를 마시며 나눈 그 대화는, 지금 생각해도 현실과 비현실의 경계에 있는 것 같다. 신주쿠의 건물 두 채, 안정된 미래, 그리고 세련된 일본 생활. 그것은 분명 매력적인 제안이었다. 특히 당시 한국의 경제적 현실을 고려하면, 거절하기 힘든 유혹이었다.

그 순간, 이상하게도 브장송의 허름한 기숙사가 떠올랐다. 혜진과 함께 보냈던 그 소박한 공간, 때로는 배고픔도 함께 나누었던 시간. 우리는 가난했지만, 서로의 꿈을 나누며 행복했다. 그 기억들이 물밀듯이 밀려왔다.

내 마음속에는 이미 다른 별들이 반짝이고 있었다. 문경 비행장의 별들, 브장송의 달빛, 그리고 혜진의 눈동자에서 보았던 그 빛들.

"조금 더 생각해 보겠습니다."
내 대답은 정중했지만, 이미 마음속에서는 결정이 내려진 후였다. 물질적 풍요는 삶의 일부일 뿐, 전부가 아니었다. 혜진과의 추억은 어떤 화려한 미래의 약속보다도 더 진실 되고 소중했다.

2박 3일의 일본 체류는 마치 오아시스를 스쳐 지나는 것 같았다. 그곳에서 나는 완전히 다른 삶의 가능성을 보았다. 하지만 동시에,

진정한 행복이 무엇인지도 깨달았다. 돈과 안정은 살아가는 데 중요하지만, 그것이 전부는 아니었다. 진정한 사랑과 추억은 어떤 물질적 가치로도 대체 불가한 것이었다.

한국으로 돌아오는 비행기 안에서, 나는 창밖의 구름을 바라보며 깊은 생각에 잠겼다. 인생은 선택의 연속이다. 그리고 때로는 그 선택이 우리의 전 인생을 좌우하기도 한다. 하지만 나는 내 선택을 후회하지 않았다. 그것은 단순히 물질과 안정을 포기한 것이 아니라, 내가 진정으로 소중히 여기는 가치를 선택한 것이었기 때문이다. 그 선택은 나의 자유의지였다.

지금도 가끔 그 시절을 떠올린다. 브장송의 마지막 날들, 혜진의 슬픈 눈빛, 신주쿠의 화려한 불빛들…. 모든 것이 내 인생의 한 페이지를 장식하고 있다. 그리고 그 선택은, 지금의 나를 만든 가장 중요한 순간 중 하나가 되었다.

제 4장

귀국과 현실

20
귀환과 현실의 무게

1980년 여름, 문경 시멘트 공장의 비행장에서 꿈꾸던 그 하늘을 타고 나는 다시 한국으로 돌아왔다. 하지만 현실은 꿈과는 달랐다. 12·12 사태와 광주 민주화 운동의 소용돌이 속에서, 나는 또 다른 시련을 마주해야 했다.

친구들과의 재회는 반가움보다는 묘한 긴장감이 감돌았다. 그들의 눈빛 속에는 질투가 깃들어 있었다. 프랑스 유학이라는 특별한 경험이 오히려 우리 사이에 보이지 않는 벽을 만들어버린 것이다.

가장 큰 걱정이었던 병역 문제는 뜻밖에도 쉽게 해결되었다. 부선망 실미 보충역 판정을 받아 2주간의 교육으로 군 복무를 대체할 수 있었다. 하지만 이것은 시작에 불과했다. 진짜 시험은 그 후에 찾아왔다.

공기업에서 근무하지 않고도 받던 급여가 끊기면서 현실은 냉혹하게 다가왔다. 홀로 계신 어머니를 부양해야 했다.
"나에게 형제가 있었다면 얼마나 좋을까"라고 생각했다. "잠시 어머니를 맡기고 공부를 더 했으면…" 이런 생각이 머리를 떠나지 않았다.

하지만 이런 안타까운 상황이 나에게는 피할 수 없는 운명이 된 것이다. 프랑스 정부에서 계속 장학금 수급이 가능했지만, 그것은 이제 사치로 변해버렸다.

잠 못 이루는 밤이 늘어갔다. 창밖으로 보이는 서울의 밤하늘은 브장송의 그것과는 너무나 달랐다. 별들은 보이지 않았고, 대신 네온사인만이 차갑게 빛났다. 그 불빛 아래서 나는 생각했다. 과연 이것이 최상의 선택이었을까? 하지만 외동아들인 나에게는 다른 선택지가 없었다.

프랑스에서 4년은 이제, 마치 한 편의 아름다운 꿈처럼 느껴졌다. 그곳에서의 학업, 혜진과의 사랑, 그리고 미래에 대한 희망…. 모든 것이 순식간에 안개처럼 사라져 버렸다. 남은 것은 무거운 책임감과 깊어지는 고독뿐이었다.

어머니는 내 얼굴이 어두워지는 것을 보셨는지 가끔 걱정스러운 눈빛을 보내셨다. 하지만 나는 차마 내 마음의 무게를 말씀드릴 수 없었다. 어머니의 삶도 이미 충분히 고단했으니까. 대신 나는 침묵 속에서 새로운 길을 찾아야만 했다.

이것이 운명이라면, 나는 이 운명을 받아들이고 이겨내야만 했다. 프랑스에서의 꿈은 접어두고, 현실이라는 이름의 새로운 전쟁터로 나아가야 했다. 하지만 그 발걸음이 얼마나 무거웠는지, 그때의 나만이 알고 있었다.

21

숙명의 울림

그러던 어느 날, 한 통의 전화가 내 일상을 뒤흔들어 놓았다. 프랑스에서 함께 공부하던 공주대학교 교수로부터의 연락이었다.

"혜진이가… 아이를 낳았어요."

이 한마디는 마치 운명의 종소리처럼 울렸다. 할머니의 보쌈으로 시작된 우리 가문의 인연이, 이제는 내 선택으로 이어져야 할 순간이 온 것이다. 나의 자유의지가 시험대에 오른 것이다.

그날 밤 혜진이 던졌던 질문이 번개처럼 스쳐 지나갔다.

"만약 내 배에 아기가 있다면 어떻게 할 거야?"

그때 내가 보여준 우스꽝스러운 반응이, 이제는 가슴을 후벼파는 비수가 되어 돌아왔다.

충격과 불안, 책임감이 한꺼번에 밀려왔다. 내가 한때 발로 차는 시늉까지 하며 거부했던 그 생명이, 이제는 이 세상 어딘가에서 숨 쉬고 있다는 사실이 나를 압도했다. 그것은 단순한 소식이 아닌, 내 인생을 다시 한번 뒤흔들 큰 파도였다.

며칠 밤을 뜬눈으로 보내며 고민했다. 그리고 마침내 결심했다. 그 아이를 외면할 수는 없었다. 그것은 내가 저지른 실수에 대한 책임이기도 했지만, 그보다 더 중요한 것은 그 아이가 엄연한 내 핏줄이라는 사실이었다.

이제 와 돌이켜보면, 그때의 혜진은 얼마나 두렵고 외로웠을까. 낯선 프랑스 땅에서 홀로 임신과 출산을 겪어야 했을 그녀의 고통을 생각하면 가슴이 무너져 내린다. 스물네 살의 미숙했던 내가 보여준 무책임한 반응이, 그녀의 인생에 얼마나 큰 상처를 남겼을지….

하지만 이제라도 그 책임을 져야 했다. 그것이 비록 늦은 결심일지라도, 내가 할 수 있는 최소한의 도리라고 생각했다. 내 안의 두려움과 망설임을 뒤로하고, 나는 새로운 결심을 하게 되었다.

22

책임의 무게

외동아들로 자란 나는 처음으로 진정한 '가족'의 의미를 마주했다. 어머니를 모셔야 하는 책임, 혜진과 아이에 대한 책임, 이 모든 것들이 한꺼번에 밀려왔다. 문경 탄광촌에서 아버지가 지고 계셨던 그 무게가, 이제는 내 어깨를 누르고 있었다.

혜진이 한국에 올 것을 생각하면, 나는 더 높은 급여를 제공하는 직장을 찾아야 했고, D 건설이라는 대형 건설회사가 그 답이 되었다. 때마침 D 건설은 한전으로부터 프랑스 원자로 타입의 건설을 수주받은 상태였다. 내 프랑스 유학 경험이 오히려 강점이 된 것이다. 운명이란 때로는 이렇게 아이러니한 방식으로 작동하기도 한다.

새로운 직장에서 생활은 바쁘게 흘러갔다. 대규모 건설 프로젝트의 복잡한 업무들 속에서 나는 점차 실력을 인정받았고, 더 큰 책임을 맡게 되었다. 프랑스에서의 꿈은 접어야 했지만, 적어도 어머니를 모실 수 있는 경제적 안정은 찾을 수 있었다.

제 5장

인연의 귀국

23

인연의 그림자

봄바람이 불던 1981년 4월, 김포공항에서 재회는 마치 운명의 수레바퀴가 다시 돌아가는 것 같았다. 프랑스에서 첫 만남처럼 떨리는 마음으로 나는 혜진을 기다렸다.

한 젊은 여인이 아이를 품에 안은 채 도착 게이트를 빠져나오는 모습이 눈에 들어왔다. 1년 만의 재회. 프랑스 보르도에서 시작된 우리의 인연이 이제 한국 땅에서 새롭게 피어나는 순간이었다.

포대기에 안긴 아이는 똑똑하고 건강해 보였다. 마치 문경 비행장의 빛나는 별들처럼 까만 눈동자가 호기심 어린 눈빛으로 나를 응시했다. 작은 발로 허공을 차며 생기 넘치는 모습에, 나는 이 작은 생명체에 대한 무한한 사랑과 동시에 무거운 책임감을 느꼈다.

프랑스 병원의 의사들이 아이의 푸른 몽고반점을 보고, 혈통에 관해 동양인임을 은근히 물어 왔다는 혜진의 말이 떠올랐다. 그것은 중요하지 않았다. 이미 이 아이는 나의 전부가 되어있었다.

새로운 시작은 순조로워 보였다. 브장송에서 인연을 맺었던 수원의 한 대학교 교수님이 혜진을 원어민 강사로 채용해 주셨고, 우리의 살림살이는 조금씩 나아지고 있었다. 하지만 인생이란 것이 늘 우리의 바람대로만 흘러가지는 않는 법이다.

24

서서히 찾아오는 균열

내가 프랑스에 있는 동안 70년대 말의 격변기를 겪으며 한국은 많이 달라져 있었다. 특히 부동산 가격의 급격한 상승은 우리 같은 새내기 부부에게 큰 부담이었다. 세상 물정에 어두웠던 어머니는 공기업에서 지급한 급여를 고스란히 모아두셨다. 200만 원. 내가 떠나기 전이었다면 작은 집 한 채는 충분히 마련할 수 있었을 금액이었다.

"그 돈으로 미리 집을 샀더라면…."

이런 후회가 들 때마다 가슴이 답답해졌다. 내가 프랑스로 떠나기 전 주택 가격 대비, 귀국할 무렵에는 1,000만 원에서 1,500만 원 정도로 다섯 배 이상 뛰어올랐기 때문이다. 당시는 매해, 집 가격이 상승하는 상황이라 몹시 불안했다.

우리는 전세로 살고 있었기에 안정된 삶을 위하여 주택이 필요했다. 하지만 현실의 벽은 높았다. 집값이 더 오르기 전에 서둘러 집을 사고 싶었던 나는 혜진에게 조심스럽게 제안했다.

"부모님께 500만 원 정도를 빌릴 수 있을까? 1년 정도면 충분히 갚을 수 있을 것 같은데…."

하지만 혜진의 반응은 예상과 달랐다. 잠시 침묵하던 그녀는 단호하게 고개를 저었다. 그녀는, 한국에 온 지 얼마 되지 않아 부모님께 큰돈을 요청하기가 부담스러웠고, 게다가 프랑스와는 다른 한국의 주택 시장 상황을 이해하기도 어려웠을 것이다.

서운한 마음이 들었지만, 나는 그녀의 입장을, 이해하려 노력했다. 혜진은 과들루프에서 자라 프랑스에서 공부하다가 바로 한국으로 온 터라, 이곳의 현실을 받아들이는 데 시간이 필요했다. 하지만 동시에 나는 이 문제를 혼자서라도 해결해야 한다는 압박감에 시달렸다.

집을 마련하는 과정에서 드러난 이 첫 균열은 마치 예고편 같았다. 보쌈으로 시작된 우리 가문의 역사처럼, 강제된 선택과 자유의지 사이에서 우리는 계속해서 갈등했다. 500만 원이라는 숫자는 단순한 금액이 아닌, 서로에 대한 신뢰와 이해의 시험대가 되어버렸다.

혜진이 한국에 온 지 얼마 되지 않았기에, 한국의 경제 상황을 잘 이해하지 못할 것으로 생각했다. 나는 그녀가 한국 생활에 익숙해지면 경제권을 넘겨줄 생각이었다. 하지만 혜진은 금전적인 문제에 대해 전혀 언급하지 않았고, 심지어 생활비에 대해서도 말이 없었다. 이해하기 힘든 상황이었지만, 내가 먼저 돈 얘기를 꺼냈던 터라 더 이상 이야기를 꺼내기가 조심스러웠다.

아마도 혜진은 500만 원을 마련해주지 못해 미안한 마음이 있었을 것이라 짐작했다. 그녀에게 더 큰 부담을 주고 싶지 않아 나는 더 이상, 금전적인 이야기를 꺼내지 않기로 했다. 대신 주택 매입은 내가 전적으로 책임지기로 결심했다.

나는 다행히 은행으로부터 대출을 받아 광명시에 빌라를 매입했다. 광명시에 새 보금자리를 마련했을 때, 우리는 새로운 시작이라고 믿었고, 내 집을 가지고 살게 되었다는 기쁨이 있었다. 혜진의 직장과 가깝고 나도 불편한 점이 별로 없어 좋았다.

그러든 어느 날, 기쁜 소식이 있었다, 회사로부터 프랑스에 원자력 연수를 가라며 제안했다.
나는 기대 이상의 기회를 다시 잡았다. 회사에서 제안한 프랑스 원자력 연수는 평소 월급의 20배인, 한 달 급여가 870만 원이나 되는 파격적인 조건이었다.

혜진이 둘째를 임신한 상태였지만, 우리 가족의 더 나은 미래를 위해 6개월간의 프랑스행을 결정했다. 그때는 몰랐다. 이 결정이 우리 가족에게 어떤 시련을 가져올지.

제 6장

기이한 일들

25

둘째의 이별

연수를 마치고 귀국하던 날의 기억은 지금도 악몽처럼 선명하다. 연수를 마치고 귀국 후, 6개월 만에 처음 만난 둘째는 눈이 맑고 예쁜 여자아이였다. 긴 비행 끝에 지친 몸을 이끌고 집에 도착했을 때, 아이는 내게 호기심 어린 눈길을 보냈다. 그 눈빛이 마지막이 될 줄은 아무도 몰랐다.

그날 밤, 아이의 코에서 흘러나온 작은 핏방울이 불길한 징조가 될 줄도 몰랐다. 피로에 지친 나는 다음날 상의하자는 생각으로 곧 잠들었고, 혜진은 내 휴식을 위해 아이를 다른 방에 재웠다. 그 순간의 선택이 평생의 후회가 될 줄이야.

다음 날 아침, 건넛방에서 발견한 것은 이불 속에서 차갑게 식어버린 작은 생명이었다. 아버지가 진폐증으로 서서히 숨이 멎어가던 그 고통스러운 과정처럼, 우리의 둘째도 소리 없이 떠나갔다. 단 하루, 아니 단 몇 시간이라도 아이와 더 시간을 보냈더라면…. 차가운 핏덩이를 가슴에 안고 나는 한없이 울었다.

인생이란 이토록 무자비한 것인가. 몇 달 전, 내 차에 치여 죽은 강아지 생각이 문득 떠올랐다. 그때의 죄책감이 이런 업보로 되돌아온 것일까? 울음소리 한번 내지 못하고 떠난 아이를 안으며, 나는 말로 표현할 수 없는 상실감에 잠겼다.

나중에 안 사실은 더욱 가혹했다. 광명시의 그 빌라는 원래 공동묘지였던 땅이었다. 도시 개발을 하면서 그 위에 건물을 지었다는 동네 사람들의 이야기에 온몸에 전율이 흘렀다. 빌라를 소개한 중개인을 원망하는 동시에, 제대로 알아보지 못한 나 자신을 책망했다.

더욱 마음을 무겁게 하는 것은 어머니의 말씀이었다.
"윌리가 가끔 '둘째를 밖에 버려'라고 말했단다…."
첫째의 그 말이 무슨 의미였는지, 곱씹을 때마다 등골이 서늘해졌다. 이것이 단순한 우연인지, 아니면 무언가의 경고였는지 그 답을 알 수 없다는 것이 더욱 고통스러웠다.

무언가 더 큰 불행이 닥칠 것만 같은 예감이 들었다. 나는 지나간 모든 것을 지우고 시간을 돌려 새로운 도화지에 다시 새롭게 시작하고 싶었다. 집을 잘 못 얻은 나의 자책감이 너무나 컸기 때문이다.

26

궁동의 기이한 나날들

둘째를 잃은 후, 그 집에서의 일상은 지옥과도 같았다. 매일 밤 우리는 아이의 울음소리를 듣는 것 같았고, 혜진은 잠들 때마다 악몽에 시달렸다. 프랑스 연수에서 모은 돈으로 우리는 서둘러 서울 궁동의 단독주택으로 이사했다. 조선 선조의 정선옹주가 출가하여 살았다는, 이 동네는 당시만 해도 낙후되어 있었지만, 조용하고 고즈넉한 분위기가 마음을 달래주는 듯했다.

광명시에서 있었던 쓰라린 경험 때문에 이번에는 더욱 신중했다. 땅의 내력을 꼼꼼히 확인했고, 남향으로 자리 잡은, 햇볕이 가득한 집을 골랐다. 새 보금자리에서 우리는 모든 것을 잊고 새롭게 시작하고 싶었다.

하지만 평화도 잠시, 이곳에서도 설명할 수 없는 일들이 일어나기 시작했다. 나와 혜진이 출근한 후 어머니가 첫째 아이를 돌보시곤 했는데, 어느 날 어머니가 떨리는 목소리로 말씀하셨다.

"야야, 이상하다. 자주 '윌리, 윌리' 하면서 네 마누라 목소리로 애를 부르는 소리가 들려. 윌리가 그 소리를 따라 방 밖으로 나가려고 해서, 난 불안해서 애를 꼭 붙들고 있었다…"

처음에는 "어머니, 무슨 이상한 소리세요?"라며 넘겼지만, 비슷한 일이 반복되면서 등골이 오싹해졌다. 둘째의 죽음이 떠올랐다. 아무것도 하지 못한 채 둘째를 떠나보냈듯이, 혹시 첫째마저도…. 그 생각만 해도 온몸이 떨렸다.

첫째 아이의 행동도 점점 이상해졌다. 평소 명랑하고 활발했던 아이가 종종 멍하니 허공을 바라보며 중얼거렸다. 한번은 "저기, 저기"라며 현관문을 향해 나가는 걸 겨우 막은 적도 있었다.

그즈음, 청계천의 옷감 창고지기가 물건을 횡령하고 도주하는 사건이 터졌다. 나는 그를 쫓아다니느라 정신이 없었고, 가정에서 일어나는 일들에 신경 쓸 여유조차 없었다. 하지만 밤마다 어디선가 들려오는 듯한 아이 울음소리, 윌리를 부르는 혜진의 목소리, 그리고 점점 불안해지는 어머니의 눈빛….

결국, 우리는 또다시 이사를 결정할 수밖에 없었다. 둘째를 잃은 트라우마에 이어진 기이한 경험들은 우리 가족의 마지막 희망마저 갉아먹고 있었다.

인연이란, 그리고 운명이란 무엇일까. 우리는 그것을 선택할 수 있는 것일까. 보르도에서 시작된 혜진과의 만남, 첫째 아이의 탄생, 둘째의 죽음…. 이 모든 것이 내가 선택한 것인가, 아니면 누군가가 정해놓은 운명인가.

때론 삶은 우리에게 선택의 여지를 주지 않는다. 그저 받아들이고 견뎌내야 할 때가 있다. 하지만 그 속에서도 우리는 끊임없이 선택한다. 새로운 집을 찾아 떠나는 것처럼, 다시 시작할 용기를 내는 것처럼.

창밖으로 흐르는 구름을 바라보며 나는 생각한다. 우리의 선택이 만들어내는 작은 흔적들이 모여 결국 우리의 운명이 되는 것이라고. 그리고 그 운명 속에서 우리는 끊임없이 새로운 인연을 만나고, 또 다른 선택의 기로에 서게 되는 것이라고.

27
무너져가는 일상

둘째를 잃은 후, 궁동에서 있었던 기이한 경험들까지 겹치면서 우리 부부 사이의 균열은 점점 깊어져 갔다. 혜진과 나는 대화가 줄어들었고, 집 안에는 무거운 적막만이 감돌았다. 말을 하지 않아도 서로의 마음속에 자리 잡은 상처가 보였다. 어쩌면 우리는 각자의 방식으로 둘째의 죽음이라는 아픔을 삭이고 있었는지도 모른다.

우리는 서로 "내가 재수 없는 여자를 만났나?" 혜진은, "귀신 나오는 집만 찾아다니는 이상한 사람이야." 말은 하지 않았지만, 서로의 빈틈이 생겨나기 시작했다.

나는 이런 답답한 마음을 술로 달래기 시작했다. 회식 자리가 늘었고, 귀가 시간은 점점 늦어졌다. 현관문을 열 때마다 나는 왠지 모를 죄책감에 어깨가 무거워졌다. 집 안은 언제나처럼 깊은 침묵 속에 잠겨있었다. 아이들은 곤히 잠들어 있을 테고, 혜진은…. 아마도 홀로 깨어 어둠 속에서 무언가를 생각하고 있겠지.

문경 비행장에서 별을 보며 꿈꾸던 그 행복이, 보르도에서 혜진을 처음 만났던 그 설렘이 이제는 까마득히 멀게만 느껴졌다. 프랑스에서는 서로를 바라보는 것만으로도 충분했던 우리가, 이제는 한 지붕 아래서도 마음을 나누지 못하고 있었다.

둘째를 잃은 후, 우리는 마치 그 상실감을 지우려는 듯 서둘러 셋째를 가졌다. 이번에는 달랐다. 나는 태어날 아이를 위해 매일 기도했고, 온 마음을 다해 그 탄생을 기다렸다. 하늘이 내 간절함을 알았을까. 우리에게 예쁜 딸이 찾아왔다.

셋째의 탄생은 새로운 희망이 되었지만, 둘째를 잃은 상처는 쉽게 아물지 않았다. 술로 달래는 나의 밤들, 침묵 속의 혜진, 그리고 그 사이에서 자라나는 아이들. 우리는 각자의 방식으로 아픔을 견디고 있었다.

하지만 새 생명의 탄생도 우리 사이의 벽을 허물지는 못했다. 오히려 책임감은 더 커졌고, 불안감도 깊어졌다. 셋째를 바라볼 때마다 둘째를 지키지 못했다는 죄책감이 되살아났다. 그 죄책감은 때로는 지나친 과보호로, 때로는 무기력한 회피로 나타났다. 나는 혹시나 하는 두려움에 어떻게 해야 할지를 몰랐다.

혜진의 눈빛에서 외로움이 짙어갔다. 타국에서의 생활, 둘째의 죽음, 그리고 낯선 시어머니와의 동거. 그녀에게는 모든 것이 버거웠을 것이다. 나는 그것을 알면서도 따뜻한 위로 한마디를 건네지 못했다. 아버지처럼 무뚝뚝한 성격이라는 핑계를 대며, 그저 멀리서 안타깝게 바라보기만 했다.

청계천 옷감 사건으로 입은 금전적 손실도 컸다. 나는 범인을 쫓아다니느라 가정에도 소홀해졌고, 그 스트레스를 또다시 술로 마음을 달래는 악순환이 계속되었다. 혜진은 그런 내 모습을 묵묵히 지켜보기만 했다. 그녀도 자신만의 방식으로 고통을 견디고 있었을 텐데, 나는 그때 그녀의 마음을 헤아리지 못했다.

마치 문경 탄광촌의 흐린 하늘처럼, 우리의 일상도 점점 더 어둡게 물들어갔다. 하지만 나는 여전히 믿고 싶었다. 이 시련도 언젠가는 지나가리라는 것을, 우리의 사랑이 이 모든 것을 이겨낼 수 있으리라는 것을.

제 7장

균열의 조짐

28
침묵의 심연

술자리가 잦은 건설업계의 특성과 내 음주 습관은 가정을 더욱 멀어지게 했다. 퇴근 후 혜진과 대화를 나누고 싶었지만, 그녀는 아이들을 돌보느라 바빴고, 나는 술에 취해 늦게 들어오기 일쑤였다. 우리는 같은 공간에 살면서도 점점 더 서로를 모르는 사람이 되어 갔다.

혜진의 외로움은 깊어져만 갔을 것이다. 둘째를 잃은 상실감, 타국에서의 고립감, 그리고 남편과의 단절된 소통까지. 내 마음으로는 '힘들겠구나' 하면서도, 다정하지 못한 성격 탓에 그저 불쌍하다고만 생각했다. 혜진이 아이들에게만 온 정성을 쏟는 모습이 때로는 청승맞아 보여 짜증이 나기도 했다.

어머니와 혜진 사이의 갈등은 더욱 심각했다. 혜진이 수입에 대해 전혀 언급하지 않자, 어머니는 그녀가 돈을 친정에 보내기 위해 숨기는 것이라 오해하셨다. 한국에 온 목적이 나와의 삶이 아닌 돈을 벌기 위해서라는 의심까지 하게 되셨다. 어머니는 아들을 빼앗길지도 모른다는 불안감에 혜진을 점점 더 미워하셨다.

"쟤는 돈 벌러 한국에 온 거야. 우리 아들하고 살려고 온 게 아니야."

어머니의 한숨 섞인 말씀이 가슴을 찔렀다. 우리 가정은 마치 각자의 섬처럼 되어갔다. 어머니는 집 밖에서 친구들과 시간을 보내시며 가정사에 점점 관심을 잃어가셨고, 나는 술로 현실을 외면했으며, 혜진은 아이들 속에서 자신만의 세상을 만들어갔다. 한 지붕 아래 살면서도 우리는 각자의 고독 속에 갇혀있었다.

소통의 부재는 더 큰 오해를 낳았다. 특히 금전 문제는 깊은 갈등의 씨앗이 되었다. 혜진은 자신의 수입에 대해 전혀 이야기하지 않았고, 나 또한 그것에 관심을 두지 않았다. 어쩌면 나는 그녀의 경제적 독립성을 존중한다고 생각했는지도 모르지만, 결과적으로 이는 더 큰 불신을 키우는 결과를 낳았다.

건설 현장의 먼지처럼 우리 가정에도 회색빛 침묵이 쌓여갔다. 문경 탄광촌에서 아버지가 진폐증으로 점점 말씀이 줄어드셨던 것처럼, 우리 가정도 서서히 숨이 막혀갔다. 어머니의 의심, 혜진의 고립, 그리고 나의 도피…. 우리는 각자의 방식으로 아픔을 견디고 있었다.

가끔은 생각한다. 우리에게 필요했던 것은 그저 조금의 용기였을지도 모른다고. 서로의 아픔을 이해하고 포용할 수 있는 용기, 먼저 손을 내밀 수 있는 용기, 그리고 무엇보다 진심을 말할 수 있는 용기.

그러나 우리는 모두 침묵을 선택했다. 어쩌면 그것이 가장 쉬운 길이었기 때문일까. 말하지 않으면 상처받지 않을 것 같아서, 들리지 않으면 아프지 않을 것 같아서… 하지만 침묵이 쌓일수록 우리의 마음은 더욱 멀어져갔다.

창밖으로 보이는 달빛이 점점 흐려진다. 마치 우리의 인연처럼. 선택이라는 것은 참 이상하다. 때로는 선택하지 않는 것도 하나의 선택이 되어 우리의 운명을 결정짓는다. 침묵도 마찬가지다. 말하지 않기로 한 선택들이 모여, 결국 소리 없는 비극을 만들어내고 있었다.

혜진의 침묵은 점점 더 깊어져만 갔다. 한국 생활에 적응하지 못하는 것인지, 아니면 내면의 상처 때문인지 알 수 없었다. 나는 그녀의 침묵이 불편했고, 그녀는 내 무관심이 서운했을 것이다. 우리는 서로를 이해하려 노력하기보다는 각자의 방식대로 상황을 해석하며 점점 더 멀어져갔다.

나의 가정생활은 즐거움을 잃어갔다. 둘째를 잃은 후 찾아온 이 모든 변화가 우리 가정을 서서히 무너뜨리고 있다는 것을 알면서도, 나는 그것을 막을 힘도, 방법도 찾지 못했다.

29장
운명의 시험

 가정의 불화는 걷잡을 수 없이 커졌다. 어머니와 혜진의 갈등은 극단적인 상황까지 치달았다. 칼을 들고 싸울 정도로 심각해진 고부간의 다툼 속에서, 나는 처음에는 중재를 시도했지만, 점차 그 상황 자체를 피하기 시작했다. 가정의 긴장감을 견디지 못하고 술로 도피하는 날들이 늘어갔다.

 새벽녘까지 이어지는 음주는 일상이 되었고, 집으로 돌아가는 발걸음은 더욱 무거워졌다. 혜진의 침묵 속에서 나는 근거 없는 의심까지 생기게 되었다. '다른 남자가 있는 걸까?' 이런 생각들이 꼬리를 물면서, 가정은 내게 더는 안식처가 아닌 도피하고 싶은 공간이 되어갔다.

 그러던 어느 날, 고등학교 친구의 결혼식에서 불행을 몰고 온 만남이 있었다. 친구의 부탁으로 신부 측 친구에게 전달자 역할을 하게 된 것이 시작이었다. "저기 보이는 내 친구가 당신을 만나보고 싶다고 하는데 어때요?" 그런데 그녀의 대답은 예상을 완전히 벗어났다.
 "친구보다는 당신이 더 만나고 싶어요."

나는 즉시 "이미 결혼했습니다"라고 밝혔지만, 그녀는 "상관없어요"라며 내게 전화번호를 건넸다. 그때 그 번호를 받은 것이 큰 실수였다. 몇 달이 지났다. 어느 비 오는 토요일 오후, 회사 근무를 마치고 텅 빈 사무실에 혼자 남아있었다.

비 내리는 창가에 서서 창밖을 바라보며 생각에 잠겼다. 외로움이 몰려왔다. 이런저런 생각에 술을 먹고 싶었지만, 역시 혼자였다. 집에 가면 마주할 적막감이 몹시 두려워, 결국 나는 그 번호로 전화를 돌렸다.

서울역 근처 커피숍에서 만남은 순수한 대화로 시작되었다. 하지만 그녀는 교묘하게 우리의 관계를 "계약 관계"로 제안했다. "어느 한쪽이 싫어지면 그때 헤어지면 되죠"라는 그녀의 말은 묘하게 매력적으로 들렸다. 가끔 술 마시는 친구이자 마음을 털어놓을 수 있는 사람이 생긴다는 것이 나쁘지 않아 보였다.

하지만 이 만남은 마치 운명의 함정과도 같았다. 브장송에서 혜진을 만났던, 그 순간의 설렘과는 다른, 위험한 유혹이었다. "계약 관계"라는 그럴듯한 말로 포장된 그 관계는, 나에게는 독이 든 술잔이었다.

내가 가정에서 보내야 할 시간은 점점 줄어들었고, 이중적인 생활이 시작되었다. 결국, 나는 그녀와의 관계를 정리하려 했지만, 그녀는

"처음의 약속"을 깨고 집요하게 매달렸다. 회사로 끊임없이 전화가 오고, "만나주지 않으면 가만두지 않겠다"는 협박까지 시작되었다.

상황은 점점 더 악화하였다. 연락을 차단하자 그녀는 이모 집을 찾아가 우리의 관계를 폭로했고, 급기야 우리 집까지 찾아와 어머니에게 모든 것을 털어놓았다. 그때야 나는 깨달았다. 이 모든 것이 그녀의 계획된 행동이었다는 것을.

"나는 이미 결혼한 사람이고, 당신은 새로운 인연을 만나 결혼해야 할 사람이에요. 이제, 그만둡시다."
하지만 그녀의 대답은 냉정했다.
"만날 때는 언제고 이제 와서 안 보겠다고? 말도 안 되지!"
이제는 내가 선택한 잘못된 인연이 우리 가정을 시험하고 있었다.

결국, 나는 극단적인 선택을 했다. 혜진에게 모든 것을 털어놓기로 한 것이다. 그리고 문제를 해결하기 위해 셋이 만나자고 제안했다. 그녀가 만남을 요구했을 때, 나는 혜진과 함께 그 자리에 나타났다. 예상치 못한 상황에 당황한 그녀는 곧바로 자리를 피했고, 그 후로 더 이상의 연락은 없었다.

이 불륜의 인연은 순전히 내 잘못된 선택이었다. 자유의지로 시작된 실수가 가정의 불행으로 이어질 뻔했다. 하지만 이 사건은 우리 가정의 문제를 더욱 깊어지게 만드는 또 다른 계기가 되었고 불씨가 되고 말았다.

인연이란 것이 반드시 좋은 것만은 아니다. 때로는 우리를 시험하고, 때로는 우리를 성장시키는 것이 인연이다. 그리고 그 인연 앞에서 우리가 어떤 선택을 하느냐가 더욱 중요하다. 나의 잘못된 선택이 가져온 결과들은 고통스러웠지만, 동시에 가장 큰 깨달음을 주었다.

지금도 가끔 비 오는 날이면 그때의 기억이 떠오른다. 하지만 이제는 다르다. 그때의 선택이 얼마나 위험한 것이었는지, 그리고 진정한 행복이 어디에 있는지 나는 이제 명확히 알고 있다. 우리에게 주어지는 모든 인연은 의미가 있다. 다만 그 인연 앞에서 우리가 어떤 선택을 하느냐가 우리의 운명을 결정한다.

서울역 근처 그 커피숍을 지날 때면, 나는 이제 감사한 마음이 든다. 그 시절의 잘못된 선택이 오히려 나를 더 성숙할 수 있게 만들었고, 가정의 소중함을 깨닫게 해주었기 때문이다. 인연은 우리에게 주어지지만, 선택은 우리의 몫이다. 그리고 그 선택의 끝에서 우리는 비로소 진정한 자아를 마주하게 된다.

이제야 깨닫는다. 모든 인연이 우리 삶에 찾아오는 것은 이유가 있

다는 것을. 그것이 행복한 결말로 이어지든, 아픈 교훈이 되든, 그 모
든 것이 우리를 성장시키는 자양분이 된다는 것을. 그리고 그 속에서
우리는 조금씩 더 현명한 선택을 하는 법을 배워간다는 것을,

그해는 1984년 갑자(甲子)년이었다.

30

깊어지는 균열

이 사건 이후 우리 가정의 분위기는 더욱 차가워졌다. 혜진은 내 불륜을 알게 된 후에도 특별한 분노나 원망을 표출하지 않았다. 오히려 그녀의 침묵은 더 깊어졌고, 그 침묵이 나를 더욱 괴롭게 했다. 때로는 그녀가 크게 화를 내거나 울음이라도 터뜨렸다면 오히려 마음이 편했을지도 모른다.

어머니 역시 이 일을 계기로 혜진을 더욱 불신하게 되었다. "남편이 바람을 피워도 아무 말도 하지 않는 것이 정상이냐"라며 오히려 혜진의 태도를 의심했다. 어머니의 눈에는 혜진의 침묵이 무관심으로, 혹은 다른 속셈이 있는 것으로 비추어진 것이다.

나는 둘째의 죽음과 예기치 않았던 불륜 등, 나의 더럽혀진 도화지를 모두 찢어 버리고 싶었다. 모두가 내 잘못이었기 때문이다. 나는 점점더 파괴적인 방식으로 나 자신이 변하고 있다는 것을 느끼기 시작했다. 고통을 주기 위하여 술이라는 약물과 점점 더 가까워지기 시작한 것이다.

술을 끊어야 한다는 것을 알면서도, 나는 여전히 술의 유혹에서 벗어나지 못했다. 이제는 죄책감까지 더해져 더 많은 술을 마시게 되었다. 회사에서 집으로 향하는 발걸음은 더욱 무거워졌고, 늦은 귀가 시간은 점점 더 늘어났다.

혜진의 깊어지는 침묵은 어쩌면 가장 큰 저항이었는지도 모른다. 내 불륜을 알고도 표출하지 않은 그녀의 감정은, 오히려 더 무거운 비난이 되어 우리 가정을 짓눌렀다. 마치 문경 비행장의 밤하늘처럼 깊고 어두운 그녀의 침묵 속에서, 우리의 사랑은 서서히 식어갔다.

우리 가정은 마치 폭풍 전야와 같은 긴장감 속에 있었다. 모두가 폭발 직전의 감정을 안은 채, 겉으로는 평온한 척 지내고 있었다. 하지만 우리 모두 알고 있었다. 이 평온함이 얼마나 위태로운 것인지를.

31

권위와의 투쟁

회사 사무실 벽면에 늘어선 빨간 조명등은 마치 문경 탄광의 갱도처럼 숨 막히게 느껴졌다. 아버지가 진폐증으로 숨쉬기 힘들어하셨듯이, 나도 이 위계질서 속에서 점점 질식해 가고 있었다. 회장의 불이 꺼져야 사장의 불이 꺼지고, 그 아래 상무와 이사들의 불빛이 차례로 꺼져야 비로소 퇴근이 허락되는 곳. 마치 군대 같은 이 질서 속에서 나는 숨 쉬는 것조차 버거웠다.

"퇴근 시간이 지났는데 왜 퇴근을 못 하냐"며 자리를 박차고 나가던 날들이 쌓여갔다. 나의 반골적인 성격은 이런 권위적인 문화를 견디기 힘들었다. 상사의 눈치를 보며 야근하는 동료들을 보면서, 나는 문경 탄광촌에서 보았던 일률적인 광부들의 모습을 떠올렸다. 결국, 권위에 순응하지 못한 나는 D 건설을 떠나는 결정으로 이어졌다.

32

자유의 대가

    목동 지하철 공자창 자리에 만든 작은 공장은 새로운 희망이었다. 문경 시멘트 공장 비행장에서 별을 보며 꿈꾸던 그 자유가 이제 내 앞에 있는 듯했다. 더는 누군가의 지시를 받지 않아도 되는 자유, 더 많은 수입을 올릴 수 있다는 기대감이 나를 들뜨게 했다.

    하지만 운명은 또다시 나를 시험했다. 예상치 못한 상대방 회사의 어음 부도는 하루아침에 우리 가정의 근간을 흔들어놓았다. 결국, 나는 살던 집을 처분해야 했다. 그토록 어렵게 마련했던 보금자리를 잃는다는 것은, 단순히 재산을 잃는 것 이상의 의미였다.

    경제적 몰락은 도미노처럼 우리 가정의 모든 것을 무너뜨렸다. 혜진의 눈빛에서 읽히는 실망감, 나를 향한 무언의 비난들이 날카로운 칼날이 되어 내 자존심을 갉아먹었다. 가장으로서의 무력감은 나의 자존감을 서서히 침식시켜 갔다. 셍떼띠엔에서 히치하이킹으로 800km를 달리던 그 용기와 자신감은 온데간데없이 사라졌다.

    혜진의 침묵은 브장송 시절과는 전혀 다른 의미를 지녔다. 그때의 고요함이 서로를 이해하는 사랑의 언어였다면, 지금의 침묵은 냉담한 저항이었다. 우리는 한 지붕 아래 살면서도, 마치 보쌈으로 맺어진 할머니와 할아버지처럼 서로를 이해하지 못했다. 프랑스에서 있었던 달콤했던 사랑은 마치 한 편의 꿈처럼 멀어져만 갔다.

더욱 심각했던 것은 혜진이 주변 사람들, 특히 학교 여교수들의 말에 지나치게 영향을 받기 시작했다는 점이었다. 그들의 험담과 이간질은 우리 사이를 더욱 벌어지게 했다. 정작 나와는 집안 문제에 대해 직접적인 대화를 하지 않으면서, 모든 결정을 제3자의 시선과 판단에 맡기다 보니 진실은 점점 더 왜곡되어 갔다.

프랑스에서는 미처 보지 못했던 우리의 성격 차이도 점점 더 뚜렷해졌다. 브장송 에서는 그녀의 조용한 성격이 오히려 매력으로 다가왔지만, 이제는 그 침묵이 깊은 골이 되어 우리 사이를 갈라놓았다. 내 성격은 답답한 것이 있으면 바로 해결하려 들었지만, 혜진은 모든 것을 마음속으로만 삭히다가 어느 순간 돌이킬 수 없는 결정을 내리곤 했다.

문경 탄광촌에서 자란 나와 카리브해의 작은 섬에서 자란 그녀. 우리는 너무나 다른 세계에서 온 사람들이었다. 브장송 에서는 그 차이가 오히려 서로를 끌어당기는 매력이 되었지만, 현실의 무게 앞에서는 그저 메울 수 없는 틈바구니로 남았다. 프랑스의 길 위에서 그토록 강했던 우리의 사랑이, 이제는 일상의 무게를 이기지 못하고 서서히 무너져가고 있었다.

　매일 밤 퇴근 후 마시는 소주 한 잔이 유일한 위안이 되어갔다. 술잔에 비친 내 모습은 마치 아버지를 닮아갔다. 진폐증으로 고통받으시던 아버지의 일그러진 모습처럼, 나 역시 일그러진 모습으로 현실의 무게를 술로 견디고 있었다. 하지만 그럴수록 혜진과의 거리는 더욱 멀어져만 갔다.

　가끔은 브장송 시절의 기억이 선명하게 떠올랐다. 800km를 달려가던 그 절실함, 매주 히치하이킹을 하면서도 지치지 않던 그 사랑의 힘은 어디로 갔을까. 우리는 그토록 먼 거리도 이겨냈는데, 지금은 한집에 살면서도 서로의 마음을 이해하지 못하고 있었다.

　어쩌면 우리의 사랑은 거리가 있었기에 더 아름다웠는지도 모른다. 매일의 일상을 함께하면서 오히려 서로의 다름이 더 선명해졌고, 그 차이를 받아들이기에는 우리, 모두가 너무 미숙했다. 프랑스의 낭만적인 사랑이 한국의 현실 앞에서 서서히 색을 잃어가고 있었다.

33

아이들을 둘러싼 전쟁

특히 아이들을 둘러싼 오해는 깊어만 갔다. 내가 아이들을 목욕탕에 데려가지 않는다는 이유로, 혜진은 내가 아이들을 사랑하지 않는다고 단정지었다. 하지만 이는 완전한 오해였다. 나는 단지 공동 목욕탕의 위생 문제를 걱정했을 뿐이었다. 현대적인 샤워 시설이 있는데 굳이 그럴 필요가 없다고 생각했다. 하지만 이런 나의 생각을 혜진에게 제대로 설명하지 못했다.

아이들을 사이에 둔 갈등은 날이 갈수록 깊어졌다. 내가 아이들을 안아보려 할 때마다 혜진은 아이들을 다른 방으로 데리고 가버렸다. "그래, 니가 책임지고 다 키워라!"라는 말이 목구멍까지 차올랐지만, 나는 그저 그 말을 삼키며 점점 아이들과의 관계에서도 물러서게 되었다. 마치 보쌈으로 시작된 우리 가문의 역사처럼, 강요된 단절이 또 다른 세대에서 반복되는 것 같았다.

가치관의 차이는 아이들과의 관계에서 더욱 선명하게 드러났다. 내가 아끼던 은팔찌를 첫째에게 주었지만, 며칠 차더니 친구들이 "애가 차는 사이즈"라고 놀린다는 이유로 차기를 거부했다.

그 순간 나는 깊은 실망감을 느꼈다. 나에게는 물건의 가치가 타인의 시선이 아닌, 그것이 담고 있는 의미에 있었다. 아버지의 낡은 넥타이는 내게 가장 소중한 보물이었다. 그것은 단순한 옷가지가 아닌, 진폐증으로 고통받으시던 아버지의 유일한 유품이었다. 남들이 촌스럽다고 손가락질해도, 나는 그것을 자랑스럽게 매고 다녔다.

이런 나의 가치관은 타인의 시선을 중요시하는 혜진이나 첫째와는 너무나 달랐다. 혜진은 내가 아이들에게 구시대적인 가치관을 강요한다고 여겼고, 나는 그들이 너무 쉽게 타인의 평가에 휘둘린다고 생각했다. 우리 부부의 이런 가치관 차이는 자연스럽게 아이들의 교육 방식에서도 충돌로 이어졌다.

특히 아이들과 나의 성격 차이는 더욱 상황을 복잡하게 만들었다. 첫째는 혜진을 닮아 주변의 시선을 많이 의식했지만, 셋째는 확고한 자기 주관이 있었다. 이런 차이는 가족 내에서 보이지 않는 나와의 균열로 이어졌고, 결국 우리는 하나의 가족이라기보다는 각자의 진영으로 갈라져 갔다.

하지만 나 역시 실수했다. 이러한 차이점들을 대화로 풀어가려 하지 않고 "그래, 네 맘대로 생각해! 너는 그것으로 인해 엄청난 손실을 볼 거다"라는 식으로 현실을 회피했다. 혜진은 아이들을 방패막이로 삼았고, 나는 그런 상황에 분노하면서도 결국 아이들과의 관계마저 포기해 버렸다.

우리의 불화는 결국 아이들에게도 큰 상처가 되었다. 서로를 이해하려 하기보다는 각자의 방식으로 상황을 악화시켰고, 그 사이에서 아이들은 어느 한쪽을 선택해야 하는 고통스러운 상황에 놓이게 되었다.

특히 잠자리에서조차 학교 교수들의 조언을 근거로 이상한 요구를 하는 혜진을 보며, 나는 우리 사이의 진정성이 완전히 사라졌음을 실감했다. 부부간의 직접적인 대화는 실종된 채, 모든 판단과 결정이 타인의 시선과 말에 의해 좌우되었다. 우리는 한 지붕 아래 살면서도, 마치 서로 다른 언어를 쓰는 이방인이 되어가고 있었다.

이런 상황에서 운영하던 공장의 폐업으로 인한 경제적 붕괴는 치명적이었다. 안정적이던 생활이 무너지자 나의 정신적, 심리적 상태도 급격히 악화되었다. 가족을 지킬 수 없다는 무력감이 나를 짓눌렀고, 혜진의 불신과 불만은 눈에 보일 정도로 쌓여갔다.

내 성격도 문제였다. "상대가 믿어주지 않으면 아무리 설명해도 소용없다," 는 고집스러운 생각에 사로잡혀, 아예 설명조차 포기해 버렸다. 이런 태도는 결과적으로 우리 사이의 간극을 더욱 넓혔다. 문경 비행장에서 별을 보며 키웠던 꿈처럼, 나는 혼자만의 세계에 갇혀있었다.

우리 가정의 위기는 단순히 경제적 어려움에서 비롯된 것이 아니었다. 그것은 오랫동안 쌓여온 소통의 실패, 가치관의 차이, 그리고 서로에 대한 불신이 만들어낸 총체적 결과였다. 마치 아버지의 진폐증이 서서히 폐를 갉아먹었듯이, 우리의 불화도 천천히 하지만 확실하게 가정의 기반을 무너뜨려 가고 있었다.

지금 돌이켜보면, 우리는 모두 자신만의 방식으로 고립되어 있었다. 혜진은 타인의 말에 지나치게 의존했고, 나는 내 신념 속에 완고하게 갇혀있었다. 그리고 그 사이에서 아이들은 표류하고 있었다. 셍떼띠엔에서 800km를 달리며 키웠던 사랑은 어디로 갔을까. 우리에게 진정으로 필요했던 것은 경제적 안정이 아닌, 서로를 이해하고 받아들이려는 진정한 노력이었다.

사무실의 빨간 조명처럼, 우리의 삶도 누군가의 불이 꺼져야 다른 이의 불이 켜지는 식의 경직된 관계였다고나 할까? 하지만 진정한 가족은 서로의 빛을 인정하고 존중할 때 비로소 완성되는 것은 아닐까.

한 번의 잘못된 선택이 또 다른 잘못된 선택을 부르고, 그것이 다시 더 큰 위기를 초래하는 악순환. 우리 가정의 이야기는 그렇게 흘

러갔다. 하지만 동시에 이 모든 위기는 우리가 진정으로 회복해야
할 것이 무엇인지를 깨닫게 해준 전환점이기도 했다. 때로는 모든
것을 잃어버린 것 같은 순간이 오히려 새로운 시작이 될 수 있음을,
나는 이제야 이해하게 되었다.

34
한밤의 배신

1989년 어느 날 밤, 외국인 친구들과의 술자리는 내 인생의 또 다른 전환점이 되리라고는 생각지 못했다. 홍콩과 여러 국적의 친구들이 모인 자리였다. 브장송에서처럼 다양한 문화가 어우러진 자리였지만, 그날 밤 나는 충격적인 광경을 목격하고 말았다. 내 아내 혜진이 프랑스인 '미예'와 지나치게 친밀한 모습으로 어울리고 있었던 것이었다.

아내가 다른 남자의 옆자리에서 즐겁게 담소를 나누는 동안, 남편인 나는 멀찌감치 떨어져 그 광경을 지켜볼 수밖에 없었다. 자존심은 구겨졌고, 배신감은 목구멍까지 차올랐다. 800km를 달려가며 지켰던 우리의 사랑이, 이제는 이렇게 허무하게 무너져가고 있었다.

분노와 슬픔이 뒤섞인 마음으로 나는 속으로 중얼거렸다.

"내가 사업에 실패했다고, 경제적으로 어려워졌다고 이렇게 무시당해야 하나…."

그리고 곧이어 독기 어린 다짐을 했다.

"좋아, 내가 다시 일어서면 너는 절대 그 혜택을 보지 못할 거야. 네가 준 이 고통을 그대로 돌려주겠어."

그날 밤, 무너진 자존심과 배신감을 술로 달래 보려 했지만, 그 술이 오히려 독이 되었다. 과도한 음주로 인해 발을 헛디뎌 복숭아뼈가 깨지게 되었다. 마치 운명이 내게 또 하나의 낙인을 찍어준 것 같았다. 그 상처는 지금도 내 발목에 남아있어, 그날의 쓰라린 기억을 끊임없이 되새기게 한다.

깨진 복숭아뼈만큼이나 아픈 것은 내 마음이었다. 나 역시 그녀에게 큰 실망을 안겨준 적이 있었다. 사업 실패, 경제적 무능력, 둘째의 죽음, 아이들과의 단절…. 하지만, 그날 밤 목격한 광경은 달랐다. 혜진은 마치 내가 없는 사람처럼 행동했고, 그것은 단순한 실수가 아닌 의도적인 무시처럼 느껴졌다.

그날 이후로 나는 혜진에 대한 마음을 완전히 접었다. 더 이상 그녀에게 어떤 관심도 보이지 않기로 했다. 나를 만나기 위해 이역만리 한국까지 왔던 그녀였는데, 이제는 서로를 전혀 이해할 수 없는 타인이 되어버렸다. 주변 사람들의 말에 휘둘리며, 다른 사람을 좋아한다며 나와의 소통을 거부하던 그녀의 모습이 이제야 이해가 되는 것 같았다.

지금 생각해 보면 너무나 옹졸한 결정이었다. 순간의 감정에 휘둘려 스스로 불행의 길을 선택한 것이다. 내 자유의지로 택한 이 선택이, 결국 우리 모두를 더 큰 불행으로 이끌게 될 줄은 그때는 몰랐다. 아마도 혜진은 나의 경제적 무능력, 둘째의 죽음에 얽힌 미신적 소문들, 아이들에 대한 무관심 등이 그녀의 마음을 닫게 만들었을 수도 있었다.

프랑스에서 히치하이킹으로 800km를 달리며 지켰던 사랑이, 이제는 한 술자리의 오해로 무너져 내리고 있었다. 브장송에서의 그 순수했던 사랑은 이제 어디로 갔을까. 우리는 서로에 대한 신뢰를 잃어버린 채, 각자의 상처 속에 갇혀있었다.

이 술자리 사건은 우리 관계의 결정적 균열점이 되었다. 그동안 쌓였던 모든 불만과 실망이 한순간에 폭발한 것이다. 혜진이 미예와 보여준 친밀감은 단순한 우정 이상으로 보였고, 그것은 나를 철저히 무시한 처사라고 느꼈다. 이미 둘째를 잃고, 경제적 실패로 자존심이 무너진 상태에서, 이 장면은 내게 치명적인 타격이었다.

사업 실패 후, 이미 깊이 훼손된 자존심은 더욱 무너져 내렸다. 그런 상황에서 아내가 다른 남자와 저렇게 가깝게 지내는 모습을 보는 것은 참을 수 없는 모욕이었다. 특히 여러 외국인 친구가 모인 자리에서 그런 모습을 보여준 것은 나를 더더욱 분노하게 만들고 말았다. 프랑스에서의 사랑이 이렇게 끝나버리는 것이 너무나 아프고 씁쓸했다.

그날 이후 내 마음속에는 복수심이 자리 잡았다. '언젠가는 반드시 이 상황을 뒤집어 놓겠다.'는 왜곡된 결심이 내 안에 깊이 뿌리내렸다. 그것은 매우 옹졸하고 유치한 생각이었지만, 당시의 나는 그런 복수심으로라도 무너진 자존심을 지탱하고 있었다.

깨진 복숭아뼈의 고통보다 더 아픈 것은 마음의 상처였다. 그날의 기억은 지울 수 없는 흉터로 남았고, 치유되지 않은 마음의 상처는 우리의 관계를 서서히 무너뜨려 갔다. 별들이 가득했던 문경의 하늘도, 히치하이킹으로 달리던 프랑스의 도로도, 이제는 먼지처럼 흩어져 사라져 갔다.

35

어머니 명의의 주택

인생은 마치 수많은 갈림길이 얽혀있는 미로와도 같다. 우리는 매 순간 선택의 기로에 서서, 그 결정들이 만들어내는 운명의 지도를 그려나간다. 문경 비행장에서 별을 보며 꿈꾸던 그 소년의 선택들이, 이제는 한 가정의 운명을 좌우하게 되었다.

제조업에서의 실패는 내 인생의 큰 전환점이었다. 모든 것을 잃은 듯한 절망 속에서, 나는 다시 건설업으로 방향을 틀었다. 그것은 단순한 업종의 전환이 아닌, 새로운 삶을 향한 도전이었다. 마치 폭풍우 속에서 새로운 항로를 찾아 나서는 선장처럼, 나는 불확실성의 바다를 헤쳐 나가야 했다.

다행히도 운명의 여신은 내게 두 번째 기회를 허락했다. 경제적 회복은 생각보다 빨랐고, 우리 가족은 다시 한번 보금자리를 마련할 수 있었다. 하지만 때로는 올바른 선택이라 여긴 것조차 예상치 못한 상처를 남기기도 한다.

진폐증으로 고통받다 돌아가신 아버지를 지키지 못했던 죄책감이, 이번에는 어머니만큼은 반드시 지키고 싶다는 강한 집착으로 변했다. 어머니의 지난 고통과 현재의 아픔을 헤아려 내린 어머니로의 주택 명의 결정은, 결과적으로 아내 혜진의 마음에 깊은 상처를 남기고 말았다.

인연이란 참으로 신비로운 것이다. 우리는 때로 서로를 이해한다고 믿지만, 실제로는 각자의 내면에 고립된 채 살아간다. 혜진은 자신의 마음을 말하지 못했고, 나는 그녀의 침묵 속에 담긴 아픔을 읽지 못했다. 우리는 같은 공간에 살면서도, 점점 더 멀어져 가고 있었다.

시간이 흐를수록 가정의 평화는 균열이 심화하여 갔다. 경제적 안정이라는 겉모습의 평온함 뒤에는, 점점 더 깊어지는 심연이 자리 잡고 있었다. 대화는 줄어들었고, 그 자리를 채운 것은 무거운 침묵이었다. 나는 그 고통스러운 침묵을 견디지 못하고 술로 위안을 찾았다. 하지만 알코올은 결코 해답이 될 수 없었다.

제 8장

파멸과 이별

36

파멸의 길

술과 방황으로 이어진 나날들은 결국 삼류 연예인과 만남으로 이어졌다. 마치 아버지가 탄광에서 진폐증을 얻으셨듯이, 나도 내 영혼을 서서히 갉아먹는 독을 마시고 있었다. 문경 비행장에서 별을 보며 품었던 순수한 꿈들은 어디로 갔을까. 셍떼띠엔에서 800km를 달리며 지켰던 사랑은 왜 이렇게 쉽게 무너져버린 걸까.

그것은 순간의 위로를 주는 듯했지만, 결국 돌이킬 수 없는 상처를 남겼다. 그것은 마치 독이 든 꿀과도 같았다. 순간의 달콤함은 결국 더 큰 쓰라림을 남겼고, 이미 흔들리던 가정의 균열을 더욱 깊게 만들었다. 그때의 나는 이 선택이 우리 가족 모두에게 얼마나 큰 상처가 될지 미처 깨닫지 못했다.

혜진의 경고는 마치 폭풍전야의 고요처럼 나를 휘감았다. 나는 "그래, 너는 나에게 어떻게 했냐", "난 이미 너에 대하여 마음을 접었다"라고 속으로 외쳤다. 그녀의 '미예'와의 친밀감이 떠올랐고, 복수하려는 마음이 솟구쳤다. 그 상처는 나를 더욱 비뚤어진 길로 이끌었다.

그녀의 경고는, 지금 생각해 보면 마지막 애정의 표현이었을지도 모른다. 하지만 그때의 나는 오히려 더 반항적으로 행동하며, 스스로 파멸의 길을 재촉했다. 마치 보르도와 셍떼띠엔 사이의 거리처럼, 우리 사이의 간격은 점점 더 멀어져만 갔다.

가끔은 술에 취해 정신이 들 때면, 내 행동의 부적절함을 깨닫곤 했다. "내가 너무했어! 도를 넘은 거야!"라는 자책과 함께 혜진에게 돌아가야겠다는 결심도 했다. 하지만 그 순간의 반성은 마치 새벽 이슬처럼 아침이 되면 흔적도 없이 사라져 버렸다.

인생에서 어떤 순간들은 되돌릴 수 없다. 마치 깨진 도자기를 아무리 정교하게 붙여도 그 균열이 영원히 남는 것처럼, 우리의 관계도 이미 돌이킬 수 없는 강을 건너고 말았다. 둘째를 잃었을 때의 그 상처처럼, 이번에는 우리의 사랑이 죽어가고 있었다.

인연은 우리에게 주어지지만, 그것을 어떻게 가꾸고 지켜나갈지는 전적으로 우리의 선택에 달려있다. 나는 늘 운명을 탓했지만, 결국 모든 것은 내 선택이었다. 우리는 종종 자신의 결정이 만들어낼 파장을 미처 예측하지 못한다. 하지만 그 선택들이 모여 우리의 운명이 되고, 우리와 관계된 모든 이들의 삶에 영향을 미친다.

지금 돌이켜보면, 우리의 불화는 결코 피할 수 없는 운명이 아니었다. 그것은 작은 오해와 불신이 쌓이고, 부적절한 선택들이 더해져 만들어진 결과였다. 만약 그때 우리가 서로에게 마음을 열고, 진심을 나누었다면 어땠을까? 만약 내가 술과 다른 여인에게서 위로를 찾는 대신, 문경 비행장에서 별을 보며 가졌던 그 순수한 마음으로, 아내와의 관계 회복을 위해 노력했다면 어땠을까?

인생에는 '만약'이라는 말이 허용되지 않는다. 우리는 오직 현재의 선택만을 통해 미래를 바꿀 수 있을 뿐이다. 하지만 과거의 실수와 후회는 때로 우리에게 소중한 교훈을 준다. 브장송에서의 사랑도, 둘째의 죽음도, 그리고 지금의 이 아픔도 모두 내게는 값진 깨달음이 되었다.

인연은 우연히 주어지는 것이 아니라, 우리의 선택으로 만들어지고 지켜지는 것임을 이제야 알았다. 보쌈으로 시작된 할머니의 운명, 진폐증으로 고통받던 아버지의 운명, 그리고 지금 나의 선택들까지 우리는 모두 자신의 선택으로 운명을 만들어가는 작가이자, 그 이야기의 주인공이다.

이것이 내가 이 이야기를 통해 전하고 싶은 진실이다. 우리는 매 순간 선택을 통해 새로운 운명을 써 내려간다. 그리고 그 선택의 순간마다, 우리는 조금 더 현명해질 수 있다. 문경의 별들이 내게 가르쳐준 것처럼, 아무리 어두운 밤이라도 우리는 빛을 향해 나아갈 수 있다.

37

이별의 순간

언젠가 내가 학교의 여교수들에게 쓸데없는 조언을 혜진에게 하지 말라며, 화를 낸 적이 있었다. 이에 대한 복수로 여교수들은 우리 가정을 깨뜨리기 위해, 유부녀인 혜진에게 다른 남자를 소개해 주었고, 결국, 두 사람은 경계선을 넘고 말았다.

혜진이 다른 사람과 관계를 맺게 되었다는 사실을 알았을 때의 충격은, 내가 그동안 그녀에게 준 상처의 크기를 비로소 깨닫게 해 주었다. 그리고 어느 날, 집에 돌아와 보니 이미 모든 것이 틀렸다고 판단했는지, 혜진은 두 아이와 함께 짐을 싸서 흔적도 없이 사라져 버렸다. 무당인 외숙모의 예언이, 정확하게 맞아떨어진 것이다.

빈집에서 마주한 그들의 부재는 마치 둘째의 죽음을 다시 경험하는 것 같았다. 가구들은 그대로였지만, 그 공간에 스며있던 생기는 완전히 사라져 버렸다. 아이들의 장난감, 혜진의 화장대, 우리가 함께 찍은 사진들…. 모든 것이 제자리에 있었지만, 그것들은 이제 박물관의 유물처럼 차갑게 느껴졌다.

수소문 끝에 겨우 만난 자리에서, 나는 두 아이의 슬프고 우울한 눈빛을 마주해야 했다. 그들의 눈빛 속에는 부모의 이기심이 만들어낸 상처가 깊이 배어있었다. 문경 비행장에서 별을 보며 꿈꾸었던 행복한 가정의 모습은 이제 산산조각이 나버렸다.

결국, 우리는 법원에서 마주 앉아 이혼 서류에 도장을 찍어야 했다. 한때는 800km를 달려가며 그토록 사랑했던 시간이, 이제는 서로에게 독이 되어버린 현실을 받아들여야 했다. 사랑이 미움으로 변하는 것을 지켜보는 일은, 마치 아름다운 정원이 서서히 황폐해지는 것을 바라보는 것과도 같았다.

히치하이킹으로 프랑스의 길을 달리던 그 절실했던 사랑은 어디로 갔을까. 과들루프의 소녀와 탄광촌의 소년이 만나 꿈꾸었던 미래는 왜 이렇게 쉽게 무너져버린 걸까. 인연은 때로 우리에게 가장 큰 행복을 주기도 하지만, 동시에 가장 깊은 상처를 남기기도 한다.

이혼 후의 시간은 마치 끝없는 어둠 속을, 헤매는 것 같았다. 사람들은 종종 이혼을 새로운 시작이라고 말하지만, 내게 그것은 완전한 파멸처럼 느껴졌다. 한때 많은 이들의 부러움을 샀던, 우리의 사랑이 이렇게 끝난다는 사실은, 그들의 조롱 섞인 시선까지 감내해야 하는 이중의 고통이었다.

회사도 돌보지 않았다. 집에서는 애꿎은 어머니를 나무라며 술로 하루하루를 보냈다. 술에 취할 때마다 혜진과의 추억들이 영화의 한 장면처럼 스쳐 지나갔다. 우리가 함께 웃었던 순간들, 서로를 의지하며 어려움을 이겨냈던 시간, 아이들과 함께했던 행복한 순간…. 그 모든 것이 이제는 가슴을 찌르는 비수가 되어 돌아왔다.

절망 속에서 나는 무당을 찾아갔다. 구로구 항동의 '족집게'라는 무당은 혜진이 돌아올 방법이 있다며 굿을 권했다. 이성적으로는 터무니없는 일이었지만, 그때의 나는 지푸라기라도 잡고 싶은 심정이었다. 하지만 운명은 또다시 나를 비웃었다. 혜진은 이미 다른 삶을 선택한 후였다.

지금도 가끔 두 아이의 슬픈 눈빛을 떠올리면 가슴이 저민다. 그들에게 더 나은 부모가 되어주지 못한 것은 영원히 내 마음속의 빚으로 남을 것이다. 문경 시멘트 공장 비행장에서 별을 보며 꿈꾸었던 행복한 가정의 모습은, 결국 내 손에서 모래성처럼 무너져버렸다.

내가 전하고 싶은 이야기는 우리의 선택이 단순히 우리 자신만의 것이 아니라, 우리와 관계된 모든 이들의 삶에 영향을 미친다는 것이다. 보쌈으로 시작된 할머니의 운명, 진폐증으로 고통받던 아버지의 운명, 그리고 지금 나의 선택들까지 우리는 매 순간 더욱 신중해야 하며, 동시에 자신의 실수를 받아들이고 그것으로부터 배울 수 있는 용기도 가져야 한다.

보르도에서 시작된 우리의 사랑이 이렇게 끝나리라고는 누구도 예상하지 못했다. 800km를 달려가며 지켰던 그 사랑이, 결국 서로에 대한 불신과 원망으로 끝나버렸다. 하지만 이제는 안다. 우리가 선택한 길이 비록 완벽하지 않더라도, 그 선택으로부터 배우고 성장하는 것이 진정한 삶의 의미라는 것을. 그것이 바로 우리에게 주어진 인연과 선택의 진정한 의미일 것이다.

첫 이혼 연도 1996년 병자(丙子)

#38
광기와 깨달음

그러던 어느 날, 예기치 못한 전화가 어머니에게 걸려 왔다. "딸을 데려가세요." 혜진의 재혼 가정에서 딸이 힘들어한다는 소식이었다. 내 딸이 의붓아버지와 사이가 좋지 않다는 이야기를 들었을 때, 나의 마음속에서는 분노와 보호 본능이 화산처럼 터져 나왔다. 둘째의 죽음 앞에서 아무것도 하지 못했던 무력감이, 이번에는 광기 어린 분노로 바뀌어 나를 집어삼켰다.

나는 칼을 들고 그들의 집으로 향했다. 그것은 완전한 광기의 순간이었다. 문경 탄광촌에서 자라며 억눌러온 모든 분노, 프랑스에서의 사랑을 지키지 못한 후회, 둘째를 잃은 아픔, 그리고 가정을 잃은 절망이 한꺼번에 폭발하는 순간이었다.

모든 것을 파괴하고, 나 자신마저도 끝내버리고 싶은 극단적인 생각뿐이었다. 하지만 다행스럽게도, 아무도 그 집에 없었다. 쥐었던 칼을 길거리에 버리고 세상의 허망함과 분노를 가슴으로 느끼며 집으로 돌아올 수밖에 없었다. 지금 생각해 보면, 어머니의 현명한 판단이 큰 비극을 막은 것이다. 어쩌면 문경 비행장에서 나를 지켜주던 그 수호신이, 이번에도 나를 끔찍한 실수로부터 구해준 것일지도 모른다.

칼을 들고 찾아갔던, 그날의 광기는 내 안의 가장 어두운 그림자였다. 마치 아버지가 진폐증으로 서서히 숨이 막혀가셨듯이, 나도 복수심이라는 독에 중독되어 있었다. 그 사건은 내게 큰 깨달음을 주었다. 분노와 복수심은 결코 해결책이 될 수 없다는 것을. 그리고 무엇보다, 우리의 선택이 큰 파장을 만들어낸다는 것을, 내 감정의 폭발이 아이들에게 또 다른 상처가 될 수 있다는 것을.

칼을 버리고 돌아오는 길은 마치 오랜 악몽에서 깨어나는 것 같았다. 보쌈으로 시작된 우리 가문의 아픔이, 나의 손에서 또 다른 비극으로 이어질 뻔했다. 그 순간 나는 깨달았다. 운명이란 것은 우리에게 주어지는 것이 아니라, 우리의 선택으로 만들어진다는 것을.

결국, 모든 것은 우리의 선택에서 비롯되었다. 보르도에서의 첫 만남부터, 이 순간까지. 한 걸음 한 걸음이 모두 우리의 선택이었고, 그 선택들이 모여 우리의 운명이 되었다. 히치하이킹으로 800km를 달리며 지켰던 사랑도, 그 사랑을 잃어버린 것도 모두 우리의 선택이었다.

이제 와 보니, 진정한 사랑은 선택하는 것이 아니라, 선택한 것을

지켜내는 것임을. 문경 비행장에서 별을 보며 꿈꾸었던 순수한 사랑
은 결국 나의 그릇된 선택들로 인해 파멸에 이르렀다. 하지만 그 뼈
아픈 깨달음조차도 내 인생의 한 부분이 되었다.

광기에 사로잡혔던 그 날의 기억은 지금도 나를 떨게 만든다. 하
지만 동시에 그것은 내게 새로운 시작을 위한 전환점이 되었다. 때
로는 우리가 가장 어두운 순간에 이르러서야 비로소 빛을 볼 수 있
는 것인지도 모른다.

제 9장

재회와 다시 이별

39

벚꽃처럼 돋아난 재회

여전히 마음속에는 깊은 공허함이 자리 잡고 있었다. 딸아이의 어려움을 알면서도 아무것도 해줄 수 없다는 무력감, 그리고 다시 한번 가족을 이루고 싶다는 헛된 희망…. 그 모든 것들이 뒤섞여 나를 괴롭혔다. 나는 여전히 술로 그 고통을 달래려 했지만, 그것은 결코 해답이 될 수 없었다.

인생에서 우리는 때로 돌이킬 수 없는 선택을 하게 된다. 그리고 그 선택의 결과는 우리가 예상했던 것보다 훨씬 더 깊고 오래가는 파장을 만들어낸다. 나의 경우, 한순간의 잘못된 선택들이 내 인생의 가장 소중한 것들을 무너뜨렸다. 그것은 단순히 결혼 생활의 실패가 아닌, 한 가정의 붕괴였고, 두 아이의 삶에 깊은 상처를 남긴 사건이었다.

봄바람에 흩날리는 벚꽃처럼, 그녀의 귀환은 결국 아름답지만 덧없었다. 문경 비행장에서 별을 보며 꿈꾸던 그 순수한 희망처럼, 우리의 두 번째 시작도 결국 허상이었다. 어쩌면 우리는 이미 너무 많은 계절을 놓쳐버린 것인지도 모른다.

나는 깨닫는다. 우리의 선택이 얼마나 큰 책임을 동반하는지를. 그리고 그 선택의 결과를 받아들이고 그것과 함께 살아가는 법을 배우는 것이 얼마나 중요한지를. 후회는 여전히 내 마음 한쪽에 자리 잡고 있지만, 그것은 이제 나를 더 나은 사람으로 만드는 교훈이 되어가고 있다.

우리는 모두 자신만의 상처를 안고 살아간다. 그리고 그 상처 들은 때로 우리를 더 깊은 어둠 속으로 몰아넣기도 한다. 하지만 중요한 것은 그 어둠 속에서도 빛을 찾으려 노력하는 것이다. 비록 지금은 그 빛이 희미할지라도, 우리는 계속해서 앞으로 나아가야 한다. 그것이 바로 삶이 우리에게 가르쳐주는 가장 중요한 교훈일 것이다.

40
다시 마주한 시간

　흐드러지게 핀 벚꽃이 바람에 흩날리던 어느 봄날, 3년 만의 연락
이 왔다. 디스플레이에 떠오른 그녀의 이름을 보는 순간, 가슴 한쪽
이 묵직하게 내려앉았다. 두 아이를 데리고 다시 시작하고 싶다는
그녀의 목소리는, 마치 오래된 축음기에서 흘러나오는 것처럼 아득
하게 들려왔다.

　나는 그 순간을 얼마나 기다려왔던가. 하지만 기쁨보다는 한숨이
먼저 새어 나왔다. 여기저기 찢긴 마음은 아직도 제대로 아물지 않
은 상태였다. 그래도 아이들의 웃음소리를 다시 들을 수 있다는 생
각에, 떨리는 마음을 달래며 수락의 뜻을 전했다.

　수원의 새 아파트로 이사하던 날, 봄바람은 여전히 차가웠다. 어
머니는 따로 모시기로 했다. 오랜만에 모인 가족이었지만, 집 안에
는 고요한 정적만이 감돌았다. 마치 오래된 흑백사진처럼, 우리는
같은 공간에 있지만, 서로 다른 시간을 사는 듯했다. 옛날의 따스함
은 어디론가 사라지고, 그 자리를 차갑게 식은 커피잔 같은 냉랭함
이 대신하고 있었다.

41

냉랭한 일상

수원의 새 아파트는 마치 보쌈으로 시작된 할머니의 첫날밤처럼 낯설기만 했다. 한 지붕 아래 모였지만, 우리는 각자 다른 세상을 살고 있었다. 둘째를 잃었던 그때처럼, 집 안에는 보이지 않는 그림자가 가득했다. 우리의 재회는 마치 시간을 되돌리려는 헛된 시도 같았다.

이혼 후, 사업은 이미 정리된 후였고, 나는 모든 인간관계를 정리했다. 친구들과 만남도, 사업상 알고 지내던 이들과의 인연도 모두 끊어냈다. 그들의 동정 어린 시선과 호기심 가득한 질문들을 견딜 자신이 없었다. 누군가 혜진의 안부를 물을 때마다, 나는 마치 가시방석에 앉은 것 같은 고통을 느꼈다.

남은 것이라곤 무거운 마음뿐이었다. 더는 견딜 수 없어 제주도행을 결심했다. 비행기 티켓을 예매하면서도 내 마음은 이미 섬 어딘가를 떠돌고 있었다. 마음의 안식이 필요했기 때문이다.

다시 시작된 우리의 재회는 결국 더럽혀진 도화지였다. 깨끗하게 지워 지지가 않았다. 시간은 결코 거꾸로 흐르지 않는다. 브장송에서의 순수했던 사랑도, 800km를 달리며 지켰던 그 열정도, 이제는 다시 찾을 수 없었다. 우리는 너무 많은 상처를 주고받았고, 그 상처들은 결코, 지워지지 않았다.

인생은 마치 흐르는 강물과도 같다. 한번 지나간 물은 다시 돌아오지 않는다. 우리는 그저 그 흐름을 받아들이고, 새로운 물결과 함께 나아갈 수밖에 없다.

42
제주도의 바람

서울을 떠나 제주로 향한 것은 또 하나의 도피였을까, 아니면 새로운 시작이었을까. 아버지가 진폐증을 피해 탄광을 떠나 방황하셨듯이, 나도 끊임없이 떠돌며 안식을 찾고 있었다. 하지만 이번에는 달랐다. 문경 비행장의 별들처럼 맑은 제주의 하늘과 소금기 머금은 바닷바람이 내 영혼의 상처를 조금씩 씻어주고 있었다.

제주의 바닷바람을 한 가슴 안고서, 법원 경매로 얻은 집에서 새로운 삶을 시작했다. 주민 자치 위원이라는, 외지인으로서는 감히 꿈꾸기 어려운 자리도 맡게 되었다. 교회의 교인들과 교류하며, 천천히 새로운 관계의 씨앗을 뿌려 나갔다.

그러나 수원의 가족들과의 관계는 여전히 힘들었다. 혜진이 학교를 그만뒀다는 소식도 남의 이야기처럼 들려왔다. 경제적으로 어려움이 있다는 것을 알면서도, 그녀는 끝까지 입을 열지 않았다. 마치 서로 다른 언어를 쓰는 사람들처럼, 우리는 점점 더 멀어져 갔다.

43

운명의 순환

세월이 흐른 어느 날, 첫째가 아이를 가졌다는 소식이 전해졌다. 첫째의 아이 소식은 마치 운명의 되풀이 같았다. 보쌈으로 시작된 가문의 역사가 이렇게 이어지는 것일까. 가문의 전통인가, 아니면 유전인가. 아이러니한 운명의 장난 같았다. 아들은 나의 전철을 밟고 있었다.

며느리가 될 첫째의 여자 친구는 우리 집에 잠시 머물다가, 집안의 경제 상황과 내부적 현실을 알게 되자 아이를 남겨두고 본가로 떠나버렸다.

손자는 마치 젊은 시절의 아들을 보는 것 같았다. 내가 제대로 해주지 못했던 것들을 이번에는 해주고 싶었지만, 가족들은 내게 아이를 돌볼 그런 기회조차 주지 않았다. 보육원에서 돌아온 손자의 얼굴에 선생님이 남긴 멍 자국을 볼 때마다, 우리 가족의 상처를 대변하는 듯했다. 그렇지만 내가 할 수 있는 것은 없었다.

결국, 나는 또다시 이별을 선택했다. 인간관계를 정리했기에 아들의 결혼식에 하객으로 부를 사람 하나 없는 아버지, 경제적으로도 도움이 되지 못하는 남편으로 살기보다는, 차라리 홀로서기를 택했다. 운명이라 받아들이며, 어머니와 함께 새로운 길을 떠났다.

두 번째 이별 연도 2008년 무자(戊子)

44

마지막 선택

자유의지로 선택한 불행. 그것이 내가 내린 마지막 결정이었다. 때로는 삶이란 이런 것인지도 모른다. 행복을 향해 가는 길이 결국 불행으로 이어지고, 사랑하기 위해 시작한 관계가 이별로 끝나는. 이제 와보니, 인생이란 끊임없이 흘러가는 강물과 같아서, 같은 모습으로 멈춰있을 수 없다는 것을 알았다.

처음에 우리는 마주 보고 달리는 기차처럼, 각자의 성격을 싣고 기적도 울리지 않은 채 내달렸다. 보르도에서 시작된 우리의 사랑도 그랬다. 다시 만나 결합했지만, 이미 깨어진 기차로, 상처를 수리도 하지 않은 채 또다시 달리기에는 너무나 힘들었다. 오히려 달리기를 포기하고 각자의 길을 걸어가는 것이 낫다고 생각한 것이다.

벚꽃이 지고 새잎이 돋아나듯, 나의 이야기도 여기서 끝이 아닐 것이다. 인생은 끊임없이 변화한다. 진정한 치유는 어쩌면 완벽한 행복을 찾는 것이 아닌, 불완전한 현실을 있는 그대로 받아들이는 데서 시작된다는 것을.

제 10장

어머니와 이별

45

마지막 설렁탕

2016년 한여름, 찌는 듯한 더위가 기승을 부리던 날이었다. 요양병원 창가에 앉으신 어머니가 문득 말씀하셨다.

"설렁탕을 먹고 싶구나…"

순간 망설였다. 창밖으로 아스팔트 열기가 피어오르고 있었고, 어머니의 거동이 불편하신 터라 밖으로 모시고 나가기가 쉽지 않아 보였다.

"오늘은 구내식당 밥을 드시고, 다음 주 날씨 좀 풀리면 꼭 사 드릴게요."

그때는 몰랐다. 그 한 그릇의 설렁탕이 어머니와 나눌 수 있는 마지막 식사가 될 수도 있다는 것을. 문경 탄광촌에서 아버지와 나누지 못했던 마지막 식사처럼, 이번에도 나는 소중한 순간을 놓치고 말았다.

칠곡의 조용한 마을에 어머니를 모시고 살던 때가 있었다. 지방의 척박한 취업 시장을 피해 서울로 올라왔지만, 내 삶은 점점 더 미로 속으로 빠져들어 갔다. 술로 지새운 밤이 늘어갔고, 어머니와의 거리는 점점 멀어져만 갔다. 결국, 요양원에 어머니를 모시게 되었다. 그때는 그것이 최선이라 생각했다. 하지만 그 선택이 어머니를 더 큰 고통과 고독 속으로 밀어 넣게 되리라고는 상상조차 하지 못했다.

요양병원은 정부 지원금을 더 받기 위해 어머니에게 과도한 약물을 투여하고 침대에 눕혀야만 했다. 졸피뎀이라는 약물로 어머니의 의식을 흐리게 만들고, 치매라는 허울 좋은 진단으로 정신병동에 감금했다. 마치 보쌈으로 끌려오신 할머니처럼, 어머니도 자유를 빼앗긴 채 고통받고 계셨다.

내가 이 사실을 알았을 때는 이미 너무 늦어버렸다. 다른 병원으로 모시긴 했지만, 그때의 어머니는 이미 예전의 어머니가 아닌, 약물의 침식으로 피폐해진 모습으로 누워계셨다. 아버지가 진폐증으로 서서히 숨이 막혀가셨듯이, 어머니는 약물로 인해 점점 생기를 잃어가고 계셨다.

2주에 한 번, 어머니를 뵈러 가는 길은 늘 무거웠다. 죄책감과 후회가 발걸음을 짓눌렀다. 30리를 걸어, 감을 팔러 다니시던 그 강인한 어머니가, 이제는 침대에 누워 하늘만 바라보고 계셨다. 그리고 마지막 설렁탕 한 그릇을 사드리지 못한 채, 어머니는 임종을 보지도 못한 채 홀연히 떠나가셨다.

돌아가시기 3일 전, 수호신은 나에게 어머니의 죽음을 알려주었다.

"네 어머니 실종됐다!"

연락 두절 되었던, 문경 비행장에서 별을 보며 느꼈던 그 신비로운 존재가, 모처럼 다시 나와 소통한 것이다. 하지만 이번에는 너무나 가슴 아픈 소식을 전하기 위해서였다.

분노와 절망으로 가득 찬 나날이 이어졌다. 어머니를 부당하게 감금하고 약물을 투여한 병원을 고발했지만, 개인이 거대한 의료기관을 상대하기엔 역부족이었다. 지역 검찰의 텃세는 또 다른 벽이었다. 담당 검사가 귓속말로 건넨 "경찰서에 고소하는 것이 더 도움이 될 겁니다."라는 '팁'은 이 싸움의 헛됨을 더욱 실감케 했다.

2년간의 법정 투쟁은 결국 헛된 몸부림이었다. 마치 둘째를 잃었을 때처럼, 이번에도 나는 아무것도 지키지 못했다. 어머니는 이미 돌아가셨고, 나는 빈손으로 홀로 남았다. 지친 몸과 마음을 이끌고 법원과 검찰을 오가는 동안, 정의는 어디에도 없었다.

이것이 운명인가, 아니면 저주인가. 가끔은 그때 그 무더운 날, 어머니가 드시고 싶어 하신 설렁탕을 사드렸더라면 어땠을까 하는 생각에 잠긴다. 아버지의 마지막을 지키지 못했듯이, 어머니의 마지막 소원마저 이루어드리지 못했다. 이제는 후회도, 한탄도 허락되지 않는다. 다만 기억 속에서 어머니의 마지막 소원이었던 그 한 그릇의 설렁탕만이 끝없이 맴돌 뿐이다.

이제 설렁탕 한 그릇의 의미는 단순한 음식을 넘어선다. 그것은 미루어진 사랑의 증표이자, 영원히 갚을 수 없는 빚이 되었다. 문경 탄광촌에서 아버지에게 못다 한 효도가 어머니에게도 반복된 것이다. 혜진과의 사랑을 지키지 못했듯이, 부모님에 대한 사랑도 제대로 표현하지 못한 채, 끝나 버렸다.

다행히, 왜관 성당의 도움으로 무사히 어머니의 장례를 치를 수 있었고, 다시 한번 인생의 무상함과 밀려오는 외로움을 느끼게 되었다.

우리는 종종 '나중에'라는 말로 현재의 책임을 미룬다. 하지만 그 '나중'이라는 시간이 우리에게 허락되지 않을 수 있다는 것을, 나는 이제야 깨닫는다. 사랑은 미룰 수 있는 것이 아니다. 그것은 지금 이 순간 표현해야만 되는 것이다. 이 비록 소소한 한 그릇의 설렁탕일지라도.

제 11장

사업과 인연

46
사업의 출발

82년, D 건설 근무 시절, 가정을 안정시키기 위하여 본업 외에 원단 사업을 투잡으로 시작했다. 대구의 부도난 원단 공장에서, 반값으로 청바지와 와이셔츠 원단을 매입하여 청계천 창고에 두고 팔기 시작했다.

D 건설 근무 중에 자주 자리를 비울 수 없었기에, 창고지기에게 열쇠를 건네주고 긴급으로 주문이 오는 경우 팔게 하였다. 그러나 어느 날 물건은 사라졌다. 창고지기의 횡령은 당시 일천오백만 원이라는 엄청난 손실을 안겼다. 파주의 밤거리를 지새우며 3개월을 쫓아 결국 그를 잡아 철창에 넣었지만, 경제적 타격은 피할 수 없었다.

마치 도미노처럼 실패는 계속되었다. 강남의 진로 도매센터 상가 투자는 시행사의 부도로 70%의 손실을 냈다. 그리고 이철희 장영자 사건으로 D 건설로 인수된 공영토건 주식을 1주당 40원에 매입을 하였고, 88년 9,000원까지 오르는 것을 보기도 전에, 다른 빚을 갚기 위해 본전에 팔아야만 했다.

"돈복이 없나 보다." 나는 자신을 위로하며 이렇게 생각했다. 하지만 지금 돌아보면, 그것은 단순한 운의 문제가 아니었다. 신뢰와 배신, 조급함과 인내, 그리고 그 모든 것을 관통하는 인연의 힘. 이것들이 복잡하게 얽혀 만들어낸 결과였다.

D 건설의 안정적인 직장을 버리고 구로구청 앞 건물 4층에 기계설계 회사를 차렸을 때만 해도, 나는 장래가 밝아 보였다. S 철강 업체와의 설계 계약은 탄탄한 기반이 될 것 같았다. 하지만 인연이란 것이 참 묘했다. 때로는 선의로 맺은 인연이 독이 되어 돌아오기도 한다는 것을 그때는 미처 알지 못했다.

거래처 직원의 부탁은 순수했다. 가정을 위해 야간 아르바이트를 하고 싶다는 그의 말에 선뜻 허락했다. 하지만 그의 특유한 글씨체가 문제가 되리라고는 생각지 못했다. 손으로 직접 도면을 그리던 시절, 그의 글씨는 마치 지문처럼 거래처에 그의 정체를 드러내고 말았다.

그리고 또 하나의 인연이 찾아왔다. "친구야, 내가 갈 데가 없으니 네 회사에 근무를 좀 하면 안 되겠니?" 고등학교 동창의 애처로운 부탁을 거절할 수 없었다. 하지만 그가 S 철강에 보내줄 명절 떡값을 고스란히 횡령할 줄이야. 신뢰는 순식간에 무너졌고, 거래처와의 관계는 계약 해지라는 돌이킬 수 없는 강을 건너고 말았다.

D 건설을 그만두고 시작한 설계회사도 결국 문을 닫았다. 거래처 직원의 근무를 용인한 나의 부주의한 선택, 친구의 배신, 그리고 무너진 신뢰가 한데 얽혀 만들어낸 결말이었다. 사업은 그렇게 끝이 났다.

돌이켜보면 모든 실패의 근원에는 '조급함'이 있었다. 가정을 이루었으니 빨리 경제적으로 안정되고 싶었다. 그 마음이 너무 앞섰던 것일까? 아니면 이것도 피할 수 없는 운명이었을까?

이런 경험들은 나에게 깊은 교훈을 남겼다. 돈을 좇는 것이 아니라, 신뢰를 쌓는 것이 먼저라는 것을. 그리고 때로는 우리의 선의가 독이 될 수 있다는 것을. 하지만 무엇보다, 모든 것이 시간이 필요하다는 것을 깨달았다.

그리고 사업의 성공과 실패도 결국은 인연의 한 부분이라는 것을. 우리가 만나는 사람들, 우리가 내리는 결정들, 그리고 그것들이 만들어내는 예측할 수 없는 결과들. 이 모든 것이 우리의 운명을 만들어간다.

그래서일까? 이제는 '성실하게 범생이로 살자'는 결심이 그때처럼 초라하게 느껴지지 않는다. 오히려 그것이야말로 가장 단단한 신뢰를 쌓아가는 길이라는 것을 이제는 알기 때문이다. 때로는 가장 평범해 보이는 길이 가장 특별한 길이 되는 법이다.

제47
자부심과 현실 사이에서

"제조업은 하지 마세요. 자본력이 부족하면 버티기 힘듭니다."

신용보증기금의 조언은 분명했다. 하지만 그때의 나는 그 말의 의미를 이해하지 못했다. 아니, 어쩌면 이해하기를 거부했는지도 모른다. 일본의 히타치 조선과 계약을 맺은 자부심, 국내 특장 자동차 회사와의 안정적인 거래…. 이 모든 것들이 내 귀를 막아버렸다.

처음에는 모든 것이 순조로워 보였다. 히타치 조선에 철 구조물을 납품하며 회사는 성장했고, 국내 거래도 탄탄했다. 내가 걷는 길은 마치 탄탄대로처럼 보였다. 하지만 그때는 몰랐다. 제조업이라는 길이 얼마나 예측 불가능한 위험들로 가득 차 있는지를.

첫 번째 시련은 D 제강의 H빔에서 시작됐다. 용접 중 자재가 갈라지기 시작했다. 철강 제품이 용접 중에 갈라진다는 것은 상상조차 할 수 없는 일이다. D 제강은 원자재를 교환해 주겠다고 했지만, 이미 투입된 공임과 시간, 그리고 납품 지연으로 인한 손실은 고스란히 우리의 몫이 되었다.

하지만 진짜 시련은 그 후에 찾아왔다. 주변 공장의 공장장이 우리 공장장과 함께 찾아와 외상 거래를 제안했을 때, 나는 처음에는 단호히 거절했다. 하지만, 우리 공장장이 "오랜 친구 사이니 믿어도 된다"라는 말에 결국 마음이 움직였다. "하청 업체와 거래를 하지 않는다."는 원칙을 깨고 제품을 만들어 주었다. 아파트 곤돌라와 지방 공연장 무대장치 제작…. 그것은 나중에 알고 보니 사장이 돈 챙기고 도망가기 위한 마지막 일거리였다.

그들이 부도를 내고 사장이 도망쳤을 때, 나는 처음으로 제조업의 진정한 위험을 깨달았다. 당시 100% 어음 결제라는 관행 속에서, 하나의 부도는 연쇄적인 도미노 붕괴를 일으킬 수 있었다. 1988년 무진년, 결국 나는 집을 팔아 모든 빚을 갚아야 했다.

지금 돌이켜보면, 그때의 실패는 필연적이었는지도 모른다. 신용보증기금의 조언을 무시한 오만함, 거래처의 말을 맹목적으로 신뢰한 순진함, 그리고 어음이라는 위험한 관행에 대한 안일한 태도. 이 모든 것들이 복합적으로 작용한 결과였다.

하지만 그 실패는 또 다른 시작이 되어야 했다. 사업과 인생을 포기할 수는 없었기 때문이다. 제조업의 실패는 쓰라렸지만, 그것은 동시에 값진 교훈이 되었다. 때로는 남들의 조언에 귀 기울이는 것이 현명할 수 있다는 것, 신뢰라는 것이 얼마나 쉽게 배신으로 변할 수 있는지, 그리고 무엇보다 자신의 한계를 인정하는 것이 얼마나 중요한지를 배웠다.

무진년의 그 결단은 고통스러웠다. 내 집을 팔아야 했고, 그동안 쌓아온 모든 것을 정리해야 했다. 하지만 그것은 동시에 해방이기도 했다. 더 이상 어음이라는 불안한 줄타기를 하지 않아도 되었고, 매일 밤, 잠들기 전 불안에 시달리지 않아도 되었다.

사업가의 길에서 실패는 때로는 피할 수 없는 것인지도 모른다. 하지만 그 실패를 어떻게 받아들이고, 그것으로부터 무엇을 배우느냐가 더 중요하다. 무진년의 그 쓰라린 경험은 나에게 새로운 시작을 위한 교훈이 되었다. 때로는 물러서는 것이 앞으로 나아가는 것일 수 있다는 것을, 그리고 실패 속에서도 희망을 발견할 수 있다는 것을 배웠다.

이제는 알 것 같다. 사업은 단순히 돈을 버는 것이 아니라, 끊임없이 배우고 성장하는 과정이라는 것을. 그리고 그 과정에서 만나는 모든 시련과 실패도 결국은 우리를 더 단단하게 만드는 자양분이 된다는 것을.

48

책상과 전화기로 시작한 두 번째 기회

실패 후의 재기는 결코, 쉽지 않았다. 하지만 나를 믿고 도와준 이들이 있었다. 특히 제조업을 시작할 때부터 함께해준 D 건설 직장 동료들의 지원은 큰 힘이 되었었다. 그들의 신뢰에 보답해야 한다는 책임감이 나를 다시 일으켜 세웠다. 그리고 실패에 대한 상한 자존심으로 견딜 수가 없어, 이를 악물고 다시 시작했다.

이번에는 내가 가장 잘 아는 분야를 선택했다. 건설업은 제조업과 달랐다. 거창한 시설이나 막대한 초기 자본이 필요하지 않았다. 그 저 책상과 전화기 하나면 충분했다. 모든 일이 현장에서 이루어지기 때문이었다.

새로운 시작은 순조로웠다. 인천 GS칼텍스 저유탱크 시설, 제주도 제트 오일 저유탱크 시설, 대산 저유탱크 시설, 인천정유 저유탱크 시설 등 공사가 꾸준히 이어졌다. 마치 과거의 실패를 만회하려는 듯, 기회는 연이어 찾아왔다. 사업도 본인과 잘 맞는 궁합이 있어 보였다.

하지만 사업에는 늘 예상치 못한 난관이 있게 마련이다. 여수 화

학단지 공사가 그랬다. 일손이 부족해 친구의 소개로 새로운 인력을 투입했다. 현장이 멀어 직접 관리가 어려웠기에 인건비 도급으로 진행했다. 모든 비용을 정직하게 지급했지만, 그것이 오히려 문제의 시작이 되었다.

공사가 끝난 후, 반장이 찾아와 손해를 봤다며 추가 금액을 요구했다. 부당한 요구에는 절대 굴하지 않는다는 내 원칙을 지켰지만, 그는 계속해서 행패를 부렸다. 그러던 중 여수에서 또 다른 연락이 왔다. 현장 식당 할머니였다. 반장이 식비를 주지 않고 도망갔다는 것이다.

법적으로는 내가 책임질 일이 아니었다. 이미 모든 비용을 반장에게 지급했기 때문이다. 하지만 고된 노동으로 음식을 준비했을 할머니를 생각하니 외면할 수 없었다. 결국, 식비를 다시 지급했다.

세상은 때로 신비로운 방식으로 정의를 실현한다. 몇 달 후, 그 반장이 그의 고향인 춘천에서 칼에 맞아 죽었다는 소식을 들었다. 타인을 괴롭히고 속였던 그의 최후는 마치 운명의 심판 같았다.

이 사건은 나에게 많은 생각을 하게 했다. 사업에서 가장 중요한 것은 결국 신뢰이고 정직이라는 것을. 돈을 벌기 위해 타인을 속이고 괴롭히는 것은 결국 자신에게도 좋지 않은 결과를 가져온다는 것을. 그리고 때로는 법적 책임 너머의 도덕적 책임을 져야 할 때도 있다는 것을.

건설업으로의 전환은 나에게 두 번째 기회였다. 하지만 그것은 단순히 사업의 성공만을 의미하지 않았다. 그것은 인간의 다양한 면면을 마주하고, 올바른 선택을 하는 법을 배우는 과정이기도 했다. 나를 도와준 이들에 대한 감사함, 정직하게 일하는 것의 중요성, 그리고 때로는 손해를 보더라도 양심을 지켜야 한다는 것.

지금도 나는 그때의 할머니를 생각한다. 법적 책임이 아닌데도 식비를 지급한 것은 어쩌면 손해일 수 있었다. 하지만 그것은 내가 선택한 정직과 신뢰의 길이었다. 그리고 그 선택은 결코, 후회되지 않는다. 왜냐하면, 사업은 단순히 돈을 버는 것이 아니라, 올바른 방식으로 살아가는 것이기 때문이다.

진정한 성공이란 단순히 재무제표의 숫자가 아니라는 것을. 그것은 신뢰를 지키고, 정직하게 살아가며, 때로는 손해를 감수하더라도 올바른 선택을 하는 것. 그것이 바로 진정한 사업가의 길이 아닐까.

한편, 사업이 궤도에 오르기 시작할 무렵, 또다시 다른 고등학교 친구가 찾아와, 그 친구도 역시 갈 데가 없다며 도움을 요청하였다. 그리고 결국, 그 친구도 삼천육백만 원이라는 돈을 회사에서 횡령하고 사라져 버렸다. 나의 운명이라 생각할 수밖에 없었다.

49

꿈이 예언한 몰락의 길

정부의 주유소 간 거리 제한이 풀리면서 찾아온 기회는 마치 운명처럼 보였다. 정유사와의 인연을 바탕으로 시작한 주유소 건설 사업은 순식간에 성장했다.

기존 주유소의 단점을 보완한 혁신적인 설계, 철강 제품을 활용한 캐노피 시공으로 SK, GS 등 대형 정유업체들의 신뢰를 얻었다. 인수한 건축설계사무소와의 시너지까지 더해져 회사는 날개 달린 듯 성장했다.

하지만 성공은 때때로 더 큰 욕심을 부른다. 나는 더 큰 성장을 꿈꾸며 세 명의 인재에게 지분을 나눠주는 결정을 했다. 그러나 그때는 몰랐다. 이 결정이 회사를 무너뜨리는 첫 도미노가 될 줄은.

한 사람의 음흉한 속셈이 내부 갈등의 시작이었다. 그는 다른 사람들을 배척하기 시작했고, 결국 두 명이 회사를 떠났다. 그리고 그중, 한 명이 종합건설 면허를 빌려달라고 찾아왔을 때, 나는 또다시 치명적인 실수를 저질렀다. 예전의 동료라는 이유만으로, 위험한 줄 알면서도 단 2건만 허락하며 회사 인감증명을 건네준 것이다.

그는 내 신뢰를 산산 조각내며 추가로 인감증명을 도용했고, 10건이 넘는 공사를 무단으로 진행했다. 60억 원의 부도를 내고 필리핀으로 도망치면서, 그가 남긴 것은 회사 명의가 찍힌 어음 배서로 인하여 발생한 엄청난 채무였다. 꿈에서 수호신이 알려준 예지가 현실이 되는 순간이었다.

"네가 사장이여?, 책임을 져야 제! 어쩔 것이여!"

채권자들이 보낸 깡패들에게 둘러싸인 내 사무실 방에서, 나는 그들의 협박에 "법대로 하든, 주먹으로 하든 맘대로 해봐!"라며 맞섰다. 다행히 평소 관계를 잘 유지해 온 방배경찰서의 도움으로 위기를 모면했지만, 그때 나는 사회의 또 다른 이면을 보게 되었다.

은행 부채가 없었던 것이 다행이었다. 하청 업체들과의 채무는 정산할 수 있었지만, 내 마음속 사업에 대한 의욕은 이미 바닥을 친후였다. 가정을 잃은 나로서는 모든 것을 버리고 쉬고 싶었다. 회사 매각을 결심했지만, 이마저도 순탄치 않았다.

회사 매각은 또 다른 비극의 시작이었다. 5억 5천만 원에 매각하기로 했으나, 계약금만 받은 상태에서 인수자들의 실체가 드러났다.

이들은 이른바 '도장방'이라 불리는 조직폭력배 집단의 일원이었다. 건설 면허 없이, 공사를 하는 업자들을 상대로, 우리 회사의 면허를 이용해 관공서에 착공계와 준공계를 제출하고 수수료를 챙기는 사기 행각을 벌이고 있었다.

한편, 회사 인감을 도용해 60억 원의 부도를 내고 필리핀으로 도주한 전 직원의 사건은 그냥 두고만 볼 수는 없었다. 그가 필리핀으로 도망쳤다는 정보를 입수하고, 직접 추적에 나섰다. 결국, 현지에서 그를 검거하였고, 의정부지검으로 송환하여 법의 심판을 받게 했다.

도장방 조직의 경우도 잔금을 받지도 못한 채, 서울 서부지검의 수사망에 걸려 실형을 선고받았다. 그들이 우리 회사의 면허로 저지른 불법 행위들이 하나둘 밝혀지면서, 건설업계의 어두운 이면이 세상에 드러났다.

또 다른 사건들은 오히려 조직폭력배와 안면이 있어 좋은 결과를 낳은 적도 있었다. 대방동 현장에 펜스를, 쳐 놓고 착공 일자를 기다리던 중, 5일 장을 전문으로 하는 장애 조직들이 허락도 없이 들어와 난전을 펴고 장사를 하며 비워주지 않았다. 이들은 나와 같은 건물에서 태권도장을 운영하던 후배의 조직들이었다. 죄송하다며, 교통비만 지급하고 정리가 된 적도 있었다.

반포의 모 아파트에 어음을 할인하러 갔던 직원이 다음 날 아침, 급작스레 집으로 찾아와, 어음 할인하려다 화투치기로 돈을 다 날렸다고 발을 동동 구르며 달려왔다. 전문 도박 사기꾼이었다. 다행히 영등포 조직들의 도움을 받아 어음을 다시 회수한 웃지 못할 에피소드로 있었다.

이 모든 과정은 나에게 큰 상처를 남겼지만, 동시에 중요한 교훈을 주었다. 사업에서 가장 중요한 것은 결국 정직과 신뢰라는 것, 그리고 그들이 부정한 방법으로 얻은 이익은 결국 더 큰 대가를 치르게 된다는 것을. 무엇보다 정의를 위해서는 끝까지 포기하지 말아야 한다는 것을 깨달았다.

종합 건설회사를 사기꾼들에게 매각하고 난 후, 건축설계 사무실도 역시 매각하여 모든 사업을 정리했다. 혜진과의 이혼으로 정신적으로 힘들었고, 얼마 뒤, 당시 국가에 IMF라는 어려운 시절이 덮쳐 잠시 쉬기로 했다.

지금 돌이켜보면, 모든 것이 예견되어 있었다. 꿈에서 본 경고를 무시한 것이 첫 번째 실수였다. 그리고 인정에 눈이 멀어 신중하지 못했던 판단들이 그 뒤를 이었다. 성공은 한순간에 이루어졌지만, 실패 역시 한순간이었다.

이 모든 경험은 나에게 깊은 교훈을 남겼다. 사업에서 가장 중요한 것은 결국 사람과의 관계이며, 그 관계는 신뢰를 기반으로 한다는 것. 하지만 그 신뢰는 때로는 양날의 검이 될 수 있다는 것도 배웠다. 과도한 신뢰는 배신으로 이어질 수 있고, 그 배신의 대가는 상상 이상으로 크다는 것을.

무엇보다 중요한 것은 예지의 경고를 무시한 내 자유의지가 이 모든 결과를 초래했다는 점이다. 우리는 때로 미래에 대한 암시를 받지만, 그것을 무시하고 자신의 오만을 좇는다. 그리고 그 대가는 고스란히 우리의 몫이 된다.

인연은 때로는 축복으로, 때로는 시련으로 다가온다. 중요한 것은 그 모든 순간에서 우리가 어떤 선택을 하느냐이다. 성공도, 실패도 결국은 우리의 선택에 달려있다는 것을 나는 깨달았다. 그리고 그 선택의 순간에는 항상 예지와 자유의지 사이의 팽팽한 줄다리기가 존재한다는 것을.

제 12장

인연이라는
미스터리

50
낮은 확률의 중국인과의 인연

인연이란 것은 참으로 신비로워서, 때로는 전혀 예상치 못한 방식으로 우리 앞에 나타난다. 셍떼띠엔에서 학장과의 갈등으로 어려움을 피해 떠난 독일 여행에서, 나는 또 다른 운명적인 만남을 경험하게 되었다.

해가 저물어가는 칼스루에의 아우토반에서, 가난했던 나는 히치하이킹을 하고 있었다. 쏜살같이 지나가는 차들 사이에서 손을 들고 서 있는 것이 점점 더 무의미하게 느껴질 때쯤, 한 아우디가 갓길로 천천히 후진해 왔다.

차 안에는 중국인 부부가 있었다.
"어디서 왔어요? 어디로 가는 길이에요? 잘 곳이 없다면 우리 집에서 자고 가요."
그들은 동양인의 얼굴을 보고 차를 세웠다고 했다. 그들의 따뜻한 친절은 낯선 땅에서 느끼던 고독을 한순간에 녹여버렸다. 다음 날, 하룻밤의 인연이 전부일 것이라고 생각하며, 마지막 작별 인사를 했다.

몇 년이 흘러 한국의 D 건설에서 일하고 있던 어느 날, 내 사무실 문이 열렸다.

"어! 어! 어! 누구야, 아니 이럴 수가…."

우리는 서로를 알아보는 순간 깜짝 놀라지 않을 수 없었다. 독일의 유명 크레인 회사 영업부장이라며 들어온 사람은 다름 아닌, 그날 밤 나를 재워준 그 중국인이었다.

지구 반대편 고속도로에서 우연히 만난 사람을 다시 우연히 만날 확률이 과연 얼마나 될까? 그것은 단순한 우연이라고 하기에는 너무나 기이한 일이었다.

51
운명의 퍼즐

인연이란 것은 때로는 우리에게 가장 큰 기쁨을, 때로는 가장 깊은 상처를 남긴다. 혜진과의 만남은 내 삶에 폭풍우를 몰고 와 쓸쓸한 빗방울로 끝이 났지만, 칼스루에의 중국인과의 만남은 예상치 못한 순간에 다시 이어져 따뜻한 미소를 선물했다. 마치 보쌈으로 시작된 우리 가문의 역사처럼, 인연은 우리가 예측할 수 없는 방향으로 흘러간다.

우리는 살면서 수많은 선택의 기로에 서게 된다. 프랑스행 비행기에 올랐을 때만 해도, 내 인생이 이토록 극적으로 변할 것이라고는 상상도 하지 못했다. 그저 학업을 위한 선택이었다고 생각했던 그 결정이, 운명의 거대한 톱니바퀴를 움직이기 시작한 순간이었다.

인생은 마치 퍼즐과도 같다. 우리는 각자의 조각을 들고 있지만, 그것들이 어떻게 맞춰질지는 아무도 알 수 없다. 셍떼띠엔에서 800km를 달리며 지켰던 사랑도 결국 맞지 않았고, 독일 아우토반의 우연한 만남은 예상치 못한 순간에 완벽히 들어맞았다.

지금도 가끔 보르도의 그 39번 버스 노선을 생각한다. 만약 그날 다른 버스를 탔다면, 혹은 다른 자리에 앉았다면 어땠을까? 칼스루에의 아우토반에서 해가 조금 더 일찍 졌다면, 혹은 그 아우디가 그냥 지나쳤다면 어땠을까? 하지만 이런 가정들은 무의미하다는 것을 이제는 안다.

우리에게 주어진 것은 지금, 이 순간, 그리고 앞으로 만나게 될 새로운 인연들뿐이다. 문경 비행장에서 별들을 보며 가졌던 순수한 꿈처럼, 우리는 그저 각자의 운명을 받아들이고 의미를 찾아가는 것. 그것이 우리가 할 수 있는 전부가 아닐까.

52

인연이란 미스터리

그렇게 나는 이제 인연이란 것을 새롭게 바라본다. 혜진과의 만남이 아픔으로 끝났더라도, 그것은 내가 성장하는 계기가 되었다. 둘째를 잃은 슬픔이 있었기에 셋째의 탄생이 더욱 소중했고, 셍떼띠엔 에서 갈등이 있었기에 칼스루에 에서의 만남이 더욱 따뜻했다.

인연은 우리가 선택할 수는 없지만, 그 인연을 어떻게 받아들이고 의미를 부여할지는 우리의 몫이다. 아버지의 진폐증도, 할머니의 보쌈도, 그리고 지금의 내 선택들도 모두 이어져 하나의 이야기를 만들어간다. 때로는 폭풍우처럼 몰아치고, 때로는 봄비처럼 내리는 그 인연들이 모여 우리의 운명이 된다.

그것들이 어떤 모습으로 우리 앞에 나타날지, 어떤 의미를 가져다줄지는 아무도 모른다. 그저 그 흐름을 받아들이고, 각각의 만남이 우리 삶에 새기는 의미를 소중히 여기는 것, 그리고 문경 비행장의 별들처럼 앞으로의 새로운 만남을 기다리는 것. 그것이 우리에게 주어진 진정한 자유가 아닐까.

53

미래에 대한 예언

하지만 인연의 신비로움은 여기서 그치지 않았다. 어머니가 강원도 횡성의 외숙모를 만나고 싶어 하셨을 때, 나는 그저 효도 차원에서 어머니를 모시고 갔다. 무당인 외숙모를 만난다는 것이 내심 불편했지만, 나는 그저 형식적인 만남이 되리라 생각했다. 하지만 그날의 만남은 내 생각을 완전히 뒤집어 놓았다.

"내가 너에게 해줄 것은 없고, 돌아가신 아버지를 불러 볼 테니, 하고 싶은 얘기가 있으면 해봐라."

외숙모는 내가 태어나 핏덩이일 때 한번 보았다고 한다. 그리고 이번이 두 번째 서로 얼굴을 보는 것이다. 나는 속으로 "말 같지도 않은 소리네, 죽은 사람을 어떻게 불러." 하며, 믿지 않았기에, "별로 할 말이 없어요."라고 퉁명스럽게 대답했다.

그러자 외숙모는 겸연쩍었는지,
"아직 손은 여전히 이쁘네."

외숙모의 입에서 나온 이 한마디는 어머니를 놀라게 했다. 돌아가신 아버지가 생전에 어머니에게 유일하게 칭찬했던 부분이었기 때문이다. 나는 여전히 반신반의했지만, 외숙모는 더 충격적인 예언을 남겼다.

"네 아내가 아이와 함께 집을 나가게 될 거야. 대비해라."

당시 나는 그 말을 코웃음 치며 넘겼다. 그럴 일이 없을 거라고 장담을 한 것이다. 혜진이 그 머나먼 길을 나를 찾아왔는데, 그럴 수는 없다. 도대체 무슨 말을 하는지 한심하고 미쳤다고 생각하였다.

심지어, "네 아버지가 싫어하는 물건이 안방 장롱 위에, 두 개가 있으니 치워 달라고 하신다.", "하나는 빨간색으로 동그랗고, 다른 것은 흰색과 검은색이 섞여 있는 사각 물건이다."는 말까지 들었을 때는 황당하기까지 했다. 돌아오는 길에 곰곰 생각했다. 정말 그 물건이 있을까? 하지만 집에 돌아와 방문을 열었을 때, 정확히 그 물건들이 눈에 들어왔다. 믿을 수가 없었다. 그제야 등골이 서늘해졌다.

그것은 다름 아닌 프랑스에서 가져온 주석으로 된 예술품이었다. 곧바로 쓰레기통으로 버려 버렸다.

그리고 6년 후, 외숙모의 그 예언은 정확히 현실이 되었다. 혜진은 앞서 얘기한 바와 같이 아이들을 데리고 집을 떠났다. 내가 집을 비운 시간을 틈타, 그녀는 흔적도 없이 사라져 버렸다. 그때서야, 나는 외숙모의 말을 떠올렸다.

"아, 내가 경솔했구나!"

만약 그때 그 말을 진지하게 받아들였다면, 운명을 바꿀 수 있었을까? 아니면, 또 다른 방식으로 사건이 진행되어, 결국 혜진이 집을 나가는 같은 운명으로 남아있었을까.

54

예지몽과 수호신

그리고 인연의 신비로움은 단순한 만남과 이별을 넘어, 더 깊은 차원에서 나를 찾아왔다. 그것은 예지몽과 수호신의 형태였다. 한 연예인과 만남을 이어가던 시절, 나는 강렬한 예지몽을 꾸었다. 만리포로 같이 여행을 떠나기로 한 전날 밤이었다.

꿈속에서 내 수호신은 분명한 경고를 보냈다. 두 마리의 호랑이가 내 목을 물어뜯는 끔찍한 장면과 함께, "그 여자와 관계를 맺지 마라!" 이 만남이 모든 것을 잃게 될 것이라는 암시였다. 만리포를 가는 내내 고민이 많아 바깥 경치는 눈에 들어오지도 않았다. "어쩌지? 에이, 뭔 일이 있겠어?" 나는 오만했다.

"그래, 내가 이 예지몽을 어긴다면, 정말 예언대로 될지 궁금하다."

인간의 오만이었을까, 아니면 운명에 대한 도전이었을까. 나는 그 경고를 무시했고, 결과는 정말 참혹했다.

이 한마디가 내 인생을 완전히 뒤바꾸어 놓았다. 한 달도 되지 않

아 혜진은 아이들을 데리고 떠났고, 운영하던 건설회사는 후배의
배신으로 무너져버렸다. 꿈에서 본 두 마리 호랑이가 정확히 현실이
된 것이다. 우연일까, 아니면 예지몽이 맞아떨어진 걸까?

결국, 외숙모의 예언과 예지몽이 모두 일치하여 나는 모든 것을
한순간에 잃었다.

1996년 丙子 년이었다.

55

저주인가?

　더욱 비극적인 일이 일어났다. 그것은 그 연예인의 최후였다. 집안이 풍비박산 난 이후, 나는 이 만남을 후회하며 우리의 관계를 끊었다. 97년 2월 어느 겨울날, 신문에서 그녀의 본명을 우연히 발견했다. 분당의 한 아파트에서 일어난 총기 사고였다. 혹시나 했다. 그해 1월과 2월, 연이어 분당 총기 사고가 있었다. 한 건은 북한에서 남하한 성혜림 조카 이한영 피살 사건이었다.

　그녀는 나와 헤어진 후 다른 남자와 사귀었고, 그 남자의 청혼을 거절했다는 이유로, 그녀는, 그녀의 언니와 함께 그 남자의 총에 맞아 목숨을 잃었다. 그 남자도 결국, 자살로 생을 마감했다. 마치 저주처럼 우리, 모두는 각자의 방식으로 모든 것을 잃고 말았다. 우연일까? 아니면 보이지 않는 어떤 힘이 세상에 존재하는 게 아닐까?

　이러한 경험들은 나에게 인연이란 것이 단순한 우연이나 선택의 문제가 아니라는 것을 가르쳐주었다. 때로는 우리에게 미래에 대한 경고가 주어지기도 하고, 때로는 피할 수 없는 운명처럼 다가오기도 한다.

무속이든, 예지몽이든, 그것을 어떻게 받아들이고 해석하느냐는 우리의 몫이다. 하지만 그 선택의 결과는 때로는 우리의 이해를 벗어나는 방식으로 펼쳐진다.

지금도 가끔 그 시절을 떠올린다. 외숙모의 예언, 강렬했던 예지몽, 그리고 그 후의 비극적인 사건들까지. 모든 것이 마치 보이지 않는 실로 엮어진 것처럼 정확하게 맞아떨어졌다. 우리는 자유의지를 가지고 있다고 믿지만, 어쩌면 그 자유의지조차도 더 큰 운명의 흐름 속에 있는 것은 아닐까?

이제 나는 인연이라는 것을 더욱 겸손하게 바라본다. 그것은 우리가 완전히 이해할 수도, 통제할 수도 없는 신비로운 힘이다. 때로는 경고의 형태로, 때로는 예언의 형태로 우리에게 다가온다. 우리가 할 수 있는 것은 그 신호들에 귀 기울이고, 좀 더 신중하게 선택하는 것뿐이다.

그리고 무엇보다, 모든 만남과 이별이 우리에게 가르침을 준다는 것을 배웠다. 혜진과의 만남, 아우토반의 중국인과의 인연, 비극으로 끝난 연예인과의 관계, 그리고 외숙모의 예언까지. 이 모든 것들이 지금의 나를 만들어냈다.

인연이란 어쩌면 우리가 받아들여야 할 운명이면서, 동시에 우리를 성장시키는 스승인지도 모른다. 그러나 그 가르침이 늘 온화한 것만은 아니었다. 이혼과 사업 실패라는 가혹한 시련이 한꺼번에 들이닥쳤을 때, 그 고통은 언어로 형언할 수 없었다. 늘 의지가 굳건하다고 자부했던 나였지만, 그때만큼은 영혼이 빠져나간 허상과도 같은 존재였다. 하지만 지금 돌이켜보면, 그 시간마저도 나를 단단하게 만든 소중한 가르침이었다.

56

굿의 능력

정신을 차릴 수 없을 만큼의 고통 속에서, 한때는 질색하던 무속의 세계로 발걸음을 돌리게 되었다. 깊은 참회와 함께 외숙모를 찾고자 했지만 이미 외숙모는 세상에 없었다.

지푸라기라도 잡는 심정으로 구로구 항동의 유명하다는 무당을 찾아갔다. 그곳에서 무당은 굿을 하면, 떠난 아내가 돌아올 것이라했다. 믿기지는 않았지만, 이것, 저것 가릴 때가 아니었다. 나는 굿에 참여하지 않는 조건으로 비용을 지불했고, 굿이 끝났다는 연락을 받았다.

그리고 3년 후인 2000년, 기적처럼 혜진이 집으로 돌아오겠다는 연락이 왔다. 믿기지 않았다. 무속의 힘이었을까, 아니면 단순한 우연이었을까? 나는 여전히 지금도 그 답을 찾지 못한다.

하지만 인연이란 것은 한번 깨어지면 원상태로 돌아가기 힘든 법이다. 혜진과 다시 살게 되었지만, 과거의 상처는 쉽게 아물지 않았다. 특히 프랑스에서 태어난 장남과의 관계는 점점 더 어려워져만 갔다. 사주 일주가 戊辰을 가진 며느리가 온 이후, 같은 공간에 있는 것조차 힘들었다. 아마도 내가 임신 중 발로 차는 시늉을 한, 그 대가를 치르는 것 같았다.

57
또 다른 예지몽

90년 어느 여름날, 이모 가족과 우리 가족이 2대의 차로 양양을 간 적이 있다. 대관령에서 점심 식사 후, 다시 출발하려는데, 갑자기 양양을 가지 말라는 느낌의 계시가 있었다.

"안 가면 안 될까요?"
했지만, 이모는 갑자기 내 마음이 바뀐 그 이유를 몰라, 이상하게 생각하였다. 마땅히 피할 방법이 없어, 어쩔 수 없이 내가 앞에서 먼저 출발하였다.

양양에 도착할 무렵, 어린아이가 타고 가는 자전거가 갑자기 내 자동차 앞을 치고 들어와 결국 사고를 일으키고 말았다. 이 사고는 수호신이 미리 알려준 사례지만, 여정을 포기할 수 없는 상황이었기에 내게 닥친 사고는 피할 수 없었다.

IMF 시절, 상가 문제로 후배가 소개한 무당과 얽혀 법적 문제까지 겪게 되었을 때도 예지몽은 나를 찾아왔다. 결심공판 전날 꿈에서,
"기차표는 두 장밖에 남지 않았다."

두 장만 살 수 있다는 암시는, 정확히 현실이 되었다. 그들은 철창 신세를 졌으나 나는 아무런 피해가 없었다.

어머니가 요양병원에 계시던 당시, 돌아가시기 3일 전 목요일 밤이었다. 자고 있는지 깨고 있는지 모를 상태였다. 갑자기 옆에서 목소리가 들렸다.

"네 어머니 실종됐다."

나는 알았다. 조만간 어머니가 돌아가시리라고.

지금, 이 글을 쓰고 있는 이유도 24년 7월 18일, 갑자기 꿈에서 예지몽을 주었다.
"이제는 잠에서 깨어라."

나는 이 예지몽과 함께 모든 것을 새롭게 보게 되는 계기가 되었다. 후회스러운 지난 인생을 다시금 회상하고 잘못된 과거를 바로잡고 싶은 욕망이 올라온 것이다.

견성성불(見性成佛)일까? 선불교에서 매우 중요한 개념으로 갑작스러운 깨달음(頓悟法門 : 돈오법문)을 말한다. 긴 잠에서 깨어나지 못한 나를 갑자기 나의 수호신께서 깨달음을 준 것이다. 이 깨달음으로

수면 아래에서 다시 수면 위로 올라오게 되었고, 좀 더 영적 성장이
된 느낌이다.

　이상할 정도로 이런 신비로운 경험들은 내 삶에서 연속해서 반복
되었다.

58

세 자녀와의 특별한 인연

우리는 흔히 부모와 자식의 관계를 숙명적이라고 말한다. 하지만 내 세 자녀와의 인연은 각각이 너무나도 다른 이야기를 들려주었다. 그것은 마치 세 편의 전혀 다른 영화를 보는 것 같았다.

첫째와의 신비로운 인연

첫째 아이는 태어날 때부터 특별했다. 혜진의 임신 사실조차 제대로 알지 못한 채 시작된 인연이었다. 멘사 회원일 만큼 뛰어난 지능을 가진 아이였지만, 우리 사이에는 보이지 않는 벽이 있었다. 그 벽이 혜진의 영향인지, 아니면 임신 중, 내가 저지른 잘못된 행동 때문인지는 여전히 알 수 없다.

어린 시절, 아들은 이상한 습관이 있었다. 방에서 출입문 쪽을 멍하니 바라보곤 했다. 오랜 시간이 지난 후에야 그 이유를 알게 되었다. 비슷한 또래의 어린아이가 문 앞에서 자신을 지켜보고 있었다고 했다. 그때부터 나는 아들이 범상치 않은 능력이 있다는 것을 짐작했다.

대학생이 되어서야 아들은 자신의 비밀을 털어놓았다.

"아버지, 나는 귀신을 볼 수 있어요. 모두가 다 볼 수 있는 줄 알았어요."

대학에서 만난 같은 능력을 갖춘 여학생과 함께 교내 뒷산에서 귀신의 숫자를 세어보며 자신들의 능력을 확인했다는 이야기는, 내게는 믿기 힘든 것이었다.

게다가 그 여학생이 그날 밤 첫째의 꿈속에 올 거라는 예언을 남겼고, 잠자는 동안 서로 꿈속에서 실제로 만났다고 한다. 이해하기 힘든 내용이었다.

더욱 놀라운 것은 며느리가 목격한 사건이었다. 아들과 같이 잠든 사이, 검은 물체가 그의 몸속으로 들어가려 했다는 것이다. 똑똑히 목격했다고 나에게 말했을 때, 돌아가신 아버지를 떠올렸다. 아버지 역시 귀신에 시달렸던 분이었다. 이런 사건이 대물림된 것인지, 아니면 우리 가족만의 특별한 운명인지는 알 수 없었다.

둘째와의 짧은 인연

둘째와의 만남은 너무나 짧았다. 단 한 번의 만남으로 생을 마감한 아이는 내게 깊은 상처와 의문을 남겼다. 만약 신이 있다면, 왜 이토록 짧은 생을 주었을까? 기독교에서 말하는 원죄만을 안고 태어나 회개할 기회조차 없이 떠난 아이를 어떻게 심판한다는 것일까? 이해할 수 없는 질문들만 가슴에 남았다. 나는 늘 둘째의 짧은 인생을 안타까워하며 가슴에 아픔으로 남아있다.

셋째와의 축복받은 인연

셋째는 특별한 기도로 시작된 인연이었다. 둘째의 비극을 겪은 후, 나는 이 아이를 위해 특별히 기도했다. 예쁜 여자아이로 태어나기를 빌었고, 그 기도는 이루어졌다.

조용하고 단정한 성격의 딸은 나와는 다른 모습으로 자라났다. 내가 술로 방황하던 시기에 태어난 탓인지 오빠처럼 뛰어난 학구적 재능은 없었지만, 대신 뛰어난 공간지각력과 예술적 감각을 지녔다. 무엇보다 사회성이 좋아 많은 이들에게 사랑받는 아이로 자랐다.

이렇게 세 자녀와의 인연은 각각 다른 모습으로 내 삶에 찾아왔다. 첫째는 신비로운 영적 능력으로, 둘째는 짧지만 깊은 상처로, 셋째는 축복받은 기쁨으로. 이들과의 관계는 내게 인연이란 것이 얼마나 다양한 모습으로 우리 삶에 영향을 미치는지 보여주었다.

특히 첫째의 영적 능력은 우리 가족의 숨겨진 이야기를 다시 생각하게 했다. 아버지부터 이어진 이 특별한 능력은 어쩌면 우리 가족만의 운명이자 숙명인지도 모른다. 처음에는 황당하게 들렸던 아들의 이야기들이, 시간이 지나면서 우리 가족의 특별한 역사로 자리잡았다.

결국, 아이들과의 인연은 단순한 혈연관계를 넘어, 더 깊은 영적이고 운명적인 연결고리였다. 그들을 통해 나는 이 세상에 설명할 수 없는 신비로운 힘이 존재한다는 것을, 그리고 그 힘이 우리의 인연을 통해 작용한다는 것을 깨달았다.

지금도 가끔 아이들의 어린 시절 사진을 꺼내볼 때면 가슴 한쪽이 먹먹해진다. 까만 눈동자로 세상을 호기심 어린 눈으로 바라보던 첫째, 짧은 인연으로 스쳐 간 둘째, 해맑은 미소로 늘 밝게 웃던 셋째. 그 사진들 속에는 내가 충분히 보여주지 못했던 아버지의 사랑이 고스란히 담겨있다.

혜진과의 가슴 아픈 관계가 아이들에게까지 영향을 미쳤다는 것은 내 인생에서 가장 큰 후회이다. 마음속으로는 늘 아이들을 사랑했지만, 그 사랑을 제대로 표현하지 못했다. 어쩌면 나는 아이들의 가장 소중한 시기에, 그들에게 가장 필요했던 순간에 곁에 있어 주지 못했는지도 모른다.

첫째가 문가를 멍하니 바라보며 보이지 않는 존재와 마주하고 있을 때, 나는 그의 두려움을 알아채지 못했다. 둘째와는 더 많은 시간을 보내지 못한 채 영원한 이별을 해야 했다. 셋째가 예술적 재능을 키워 갈 때도, 아버지로서 더 적극적인 지지와 응원을 해주지 못했다.

시간은 되돌릴 수 없다. 하지만 난 아이들이 알아주길 바란다. 아버지의 사랑이 부족했던 것이 아니라, 그저 표현하는 법을 몰랐던 것이라는 걸. 때로는 삶의 무게에 짓눌려 그 사랑을 제대로 보여주지 못했을 뿐, 내 마음 한쪽에는, 늘 세 아이에 대한 끝없는 사랑이 자리 잡고 있었다는 것을.

지금도 옛 사진들을 보며 아이들의 어린 시절을 떠올릴 때면, 그때 더 잘해주지 못한 것에 대한 후회가 밀려온다. 하지만 동시에 그 사진들은 내게 위안이 되기도 한다. 비록 완벽한 아버지는 아니었지만, 그래도 우리는 함께 시간을 보냈고, 그 시간 들이 우리의 인연을 만들어왔다는 것을 증명하니까.

인연이란 것이 때론 우리가 원하는 대로 흘러가지 않는다. 하지만 그 속에서도 변치 않는 것이 있다면, 그것은 바로 부모가 자식을 향한 무 조건적인 사랑일 것이다. 비록 제대로 표현하지 못했더라도, 내 마음속에는 늘 세 아이를 향한 깊은 사랑이 자리 잡고 있었다. 그리고 지금도 여전히, 그 사랑은 계속되고 있다.

이제는 조금 달라졌다. 세월이 흘러 우리 모두 나이가 들었지만, 오히려 그래서 더 많은 것을 이야기할 수 있게 되었는지도 모른다. 비록 과거로 돌아가 더 나은 아버지가 될 순 없지만, 지금, 이 순간부터라도 내 마음을 더 많이 표현하려 노력한다. 그것이 아버지로서 내가 할 수 있는, 그리고 해야 하는 일이라고 믿기 때문이다.

어쩌면 우리의 인연은 이제부터가 진짜 시작일지도 모른다. 과거의 후회를 안고 있되, 그것에 묶이지 않고 앞으로 나아가는 것. 그것이 내가 아이들에게 줄 수 있는 또 다른 형태의 사랑이 아닐까.

제 13장

일정한 패턴

59

제주에서의 인연과 패턴

결국, 나는 모든 것을 내려놓고 제주도로 떠났다. 사회적 기반을 모두 잃은 나에게 남은 것은 경매라는 새로운 도전뿐이었다. 제주도의 부동산 불황은 오히려 나에게 기회가 되었다. 위미에서, 그리고 용담동에서 경매를 통해 조금씩 수익을 내며 새로운 삶의 발판을 마련해 갔다.

그곳에서 만난 양복쟁이 최 사장은 마치 거울을 보는 것 같은 인연이었다. 그도 한때는 제주도 최고의 양장점을 운영했던 사람이었다. 국제복장학원을 나와 80년대에 큰 성공을 거뒀지만, 어음 할인 사업의 실패로 모든 것을 잃었다. 그도 부인이 집을 나갔고, 이후 이혼하였다. 우리는 비슷한 상처를 안고 있었기에 쉽게 가까워질 수 있었다.

위미의 경매받은 집에는 어린아이의 무덤이 귤밭에 있었다. 최 사장이 놀러 와서 저녁에 함께 술을 마시다가 술이 떨어져 사러 나가려고 할 때면, 그는 항상 무섭다며 혼자 가지 말라고 했다. 나는 혼자서도 매일 그 무덤 옆에서 지내고 있었지만, 특별히 무섭다고 느낀 적이 없었다. 내가 무심한 걸까? 아니면 귀신과 친한 걸까.

매일 밤 우리는 제주시에서, 위미에서, 술로 쓰린 마음을 달래곤 했다. 하지만 그 위로의 방식은 잘못되었다. 결국, 최 사장은 과도한 음주로 인한 췌장염으로 세상을 떠나고 말았다. 그의 죽음 앞에서 나는 깊은 자책감을 느꼈다.

그러던 중, 또 다른 기이한 인연이 찾아왔다. 우리가 자주 드나들던 호프집 여사장과 만남이었다. 처음에는 그저 현지인들이 즐겨 찾는 작은 선술집의 주인일 뿐이었다. 그러나 서로에 대해 알아갈수록, 믿기 힘든 우연들이 하나둘 모습을 드러냈다.

그녀는 나보다 여섯 살이 어렸지만, 태어난 월과 일, 심지어 시간까지 정확히 일치했다. 이 놀라운 우연은 시작에 불과했다. 더욱 기이했던 것은 우리의 삶이 지리적으로도 묘하게 겹친다는 사실이었다.

그녀의 동생이 교수로 재직 중인 중국 제남에 나의 사회 동생이 있었고, 그녀의 사회 동생이 사는 수원은 내가 당시에 터를 잡았던 곳이었다. 게다가 그녀의 고모가 사는 영덕은 우리 가문의 뿌리가 깊은 땅이기도 했다. 이처럼 서로 다른 삶을 살아온 우리가 마침내 제주도에서 만난 것이다.

이런 시공간적 일치는 단순한 우연으로 치부하기에는 너무나 신비로웠다. 마치 보이지 않는 실이 우리의 삶을 동일한 지점으로 이끌어온 것 같았다. 같은 시간에 태어나 같은 공간을 공유하는 사람들. 그것은 우연일까, 운명일까?

인연이란 것이 얼마나 신비로운 것인지를 깨닫는다. 우리는 때로는 의도적으로 누군가를 찾아 나서지만, 가장 의미 있는 만남 들은 종종 예기치 않은 순간에 찾아온다. 최사장과의 만남이 그랬고, 호프집 여사장과의 인연이 그랬다.

특히 생일과 관련된 장소들의 일치는 마치 우주가 만들어낸 정교한 퍼즐 같았다. 제남, 수원, 영덕. 이 지명들은 단순한 지리적 위치가 아니라, 우리 두 사람의 삶이 신이 정한 일정한 방정식처럼 신비로운 방식으로 연결되어 있음을 보여주는 증거 같았다.

이제 돌아보면, 인연이란 것은 단순히 만남과 이별의 문제가 아니었다. 그것은 우리 삶을 완전히 뒤바꿔놓을 수 있는 강력한 힘이었다. 때로는 우리를 끝없는 나락으로 떨어뜨리기도 하고, 때로는 예상치 못한 방식으로 구원의 손길을 내밀기도 한다.

무속을 불신했던 내가 무속에 의지하게 되고, 안정된 삶을 살던 내가 모든 것을 잃고 다시 시작하게 되는 과정은 마치 드라마 같았다. 하지만 이것이 바로 인생이 아닐까?

우리는 때로는 자신이 절대 가지 않으리라 생각했던 길을 걷게 되고, 믿지 않았던 것들을 믿게 되고, 불가능하다고 생각했던 일들을 겪게 된다.

제주도의 바닷바람을 맞으며 나는 종종 생각했다. 만약 그때 예지몽의 경고를 진지하게 받아들였다면, 만약 외숙모의 예언을 무시하지 않았다면, 어쩌면 내 인생은 다른 길을 걸었을지도 모른다. 하지만 동시에 이 모든 시련이 없었다면, 나는 지금의 이 깨달음을 얻지 못했을 것이다.

인연은 우리에게 때로는 시련으로, 때로는 축복으로 다가온다. 그리고 그 모든 것들이 모여 우리의 인생이라는 그림을 완성해 간다. 지금도 나는 여전히 예지몽을 기다린다.

그리고 이제는 그 신호들을 조금 더 겸손하게, 그리고 진지하게 받아들인다. 왜냐하면, 이제야 깨닫는다. 우리의 삶이 얼마나 신비롭고, 예측할 수 없는 것인지를.

인생은 끊임없이 우리에게 새로운 미스터리를 던져준다. 때로는 고통으로, 때로는 위안으로 다가오는 만남 들. 그것이 바로 인연의 본질이 아닐까? 우리는 그저 그 흐름을 겸손하게 받아들이고, 각각의 만남이 우리에게 주는 의미를 찾아가는 수밖에 없다.

제주도의 거센 바람 속에서, 나는 이제 이러한 신비로운 인연들을 감사하게 받아들인다. 비록 최 사장은 떠났지만, 그 와 만남이 없었다면 나는 또 다른 의미 있는 인연을 만나지 못했을 것이다. 이처럼 모든 만남은 다음 만남으로 이어지는 징검다리가 되어주었다.

인연의 실타래는 끊임없이 우리를 새로운 곳으로 이끈다. 그리고 그 여정에서 우리는 조금씩 성장하고, 깊은 깨달음을 얻는다. 이것이 바로 인연이 가진 신비로운 힘이 아닐까? 우리는 그저 그 흐름을 따라갈 뿐이다. 때로는 기쁨으로, 때로는 고통으로 다가오는 그 모든 순간을 있는 그대로 받아들이며.

60

인연의 숨겨진 패턴을 찾아서

인생을 살다 보면 때로는 우연이라고 하기에는 너무나 명확한 패턴들이 보인다. 내 삶에서 만난 인연들을 되돌아보며 발견한 특이한 공통점은 그런 의미에서 주목할 만했다.

子(자)의 비밀

동양 철학에서 '子(자)'는 자정을 상징하는 시간이자, 새로운 시작을 알리는 첫 번째 지지(地支)다. 그러나 내 인생에서 이 글자는 언제나 큰 시련의 전조였다. 되돌아보니 삶의 굴곡마다 이 글자가 숨어있었다.

시간의 순서를 따라가 보면,

그 첫 신호는 여섯 살 때인 庚子(경자) 년으로 거슬러 올라간다. 시골 아이에게 최고의 군것질거리였던 연양갱을 사러 가던 길, 3미터 높이의 콘크리트 벽에서 철로 위로 추락했다. 정신을 차려보니 병원이었다. 기적적으로 기차가 지나가지 않아 목숨을 건졌지만, 이는 마치 앞으로 다가올 인생의 위기들을 예고하는 듯했다.

　나를 불행하게 했던 연도와 인연들에서 발견한 놀라운 공통점은
그들의 일주에 모두 동양 명리학인 사주팔자의 "子(자)"가 있다는 것
이었다.

　혜진의 일주 甲子(갑자),
　사업 실패를 몰고 온 후배의 일주 庚子(경자),
　IMF 때 큰 손실의 매개가 된 친구의 일주 丙子(병자),
　부가세를 가로챈 사기꾼의 일주 庚子(경자),
　혜진과 처음 이혼하던 해 1996년 丙子(병자),
　두 번째 헤어진 해 2008년 戊子(무자),
　6살 때 죽음을 맞이할 뻔했던 해 庚子(경자)

　혜진의 甲子(갑자),

　특히 혜진과의 인연은 깊은 상처와 교훈을 남겼다. 조용하고 지적
이며 가정교육이 훌륭했던 그녀는 한국인보다도 더 전통적인 가치
관을 지녔다. 하지만 그녀의 과묵함과 나의 외향적 성격은 심각한
불협화음을 낳았다. 말하지 않는 것이 그녀의 미덕이었다면, 그것
은 동시에 우리 관계의 치명적 결함이었다. 내 결벽증 적 성향은 이
틈을 더욱 벌려놓았고, 신뢰의 균열은 결국 돌이킬 수 없는 파국으

로 이어졌다.

결국, 그녀의 운명도 나처럼 성격이 맞지 않는 사람을 만날 수밖에 없는 숙명일 수도 있다.

좋은 사람끼리의 만남도 조화가 되지 않는다면, 결국, 그 부조화로 인한 파탄은 있을 수가 있는 게 아닐까?

사업 실패를 몰고 온 후배의 일주 庚子(경자),

사업에서 만난 庚子(경자)의 소유자는 또 다른 양상의 시련을 안겨주었다. 도움을 청하며 찾아온 그는 회사가 성장하자 배신의 칼을 들었다. 주식 지분으로 보답했던 신뢰는 오히려 독이 되어 돌아왔다. 그의 아버지가 배후에서 조종한 음모는 결국 회사를 나락으로 떨어뜨렸다.

이런 경험은 어느 중공업 업체의 성공 사례와 대조적이다. 그들은 필요한 인재를 전략적으로 영입하고 활용했다. 그러고는 필요가 없을 때는 퇴사를 시켰다. 차갑게 들릴 수 있는 이 방식이 오히려 기업의 생존법이었을지 모른다. 정과 이성의 균형, 이것이 내게 부족했던 것인지도 모르겠다.

나에게 스스로 찾아오는 인연이 한 번도 좋은 인연이 없었다. 본인들이 아쉬워 찾아와서는 결국 많은, 손실만 남기고 모두 떠나갔다. 오는 인연에 대하여 항상 경계할 필요가 있어 보였다.

부가세를 가로챈 사기꾼의 일주 庚子(경자),

아픈 가족을 돌본다는 사연으로 측은지심으로 접근한 사기꾼은, 매입 세금계산서라는 미끼로 나의 연민을 자극했다. 그러나 그는 세금을 횡령하고 도주했고, 나는 원 세금의 4배에 달하는 세금추징을 당했다. 그가 실형을 살게 되었다는 사실이 나에게 무슨 위안이 되겠는가.

IMF 때 큰 손실의 매개가 된 친구의 일주 丙子(병자),

한 친구가 부도난 회사를 60억 원에 인수해달라며 찾아왔다. 실제 가치는 20억도 안 되었지만, 그의 아내까지 나서서 "친구 좋다는 게 뭐냐!"를 외쳤다. 거절했음에도 아시아자동차의 허위 인수설로 인한 주식투자 손실은 피할 수 없었다. 이는 친분을 이용한 기만이 얼마나 위험한지를 일깨워주었다.

2회에 걸쳐 이루어진 혜진과의 결별은, 그해의 간지가 둘 다 "子"를 가지고 있었다. 1996년 "丙子", 2008년 "戊子."

마치 숨겨진 코드처럼, "子"는 내 인생의 시련을 알리는 신호와도 같았다.

이것은 단순한 미신이나 우연일까? 이 모든 경험은 단순한 우연으로 치부하기엔 너무나 특별한 패턴을 보였다. 순천 경찰서의 동일 생년월일을 가진 두 경찰관의 이야기는 이런 의문에 새로운 시각을 제시했다. 그들의 삶이 거울처럼 닮아있었다는 사실은, 우리 삶에 어떤 수학적 질서가 존재할 수 있다는 가능성을 보여주었다.

이제 나는 '子(자)'를 두려워하지 않는다. 오히려 이 글자는 나에게 경계의 신호이자, 더 현명한 선택을 위한 나침반이 되었다. 인연이라는 것이 반드시 좋은 것만은 아니며, 때로는 냉철한 판단이 필요하다는 것을 배웠다.

앞으로 또다시 '子(자)' 년이 올 것이다. 내가 죽음에 이르지 않는다면, 이제는 다르다. 과거의 교훈을 발판 삼아, 시련이 아닌 성장의 기회로 삼을 것이다.

최근 병자 일주를 가진 후배에게서 돈을 구해 달라는 부탁을, 단칼에 거절하고 관계를 끊었다. 이미 나에게 미칠 영향을 알 수가 있었으니까.

삶은 때로 우리에게 특별한 신호를 보낸다. 그것을 읽어내고 이해하는 것, 그리고 그로부터 배우는 것이야말로 진정한 지혜일 것이다.

戊辰(무진)의 순환

1988년 무진년, 운영하던 공장이 큰 위기를 맞아 파산했던 그해, 무진년이었다. 며느리의 일주가 "무진"이다. 그래서 나는 며느리가 내 인생에 미칠 영향을 어렴풋이 예측할 수 있었다. 예상한 대로 관계가 좋지 않았고, 결국 집을 나갔던 며느리가 집에 다시 들어온 후, 역으로 내가 집과 가족을 뒤로하고 떠나게 된 것이다.

61
25년의 침묵

묘하게도 나의 인생은 마치 두 권의 책처럼 나누어졌다. 이혼을 기점으로 내 삶은 완전히 둘로 갈렸다. 마치 문경 시멘트 공장 비행장을 가르는 활주로처럼, 선명한 경계가 그어졌다. 전반부의 25년이 폭풍우 치는 바다를 항해하는 여정이었다면, 후반부 25년은 안개 속을 표류하는 것과 같았다.

젊은 시절의 나는 불같았다. 고집 세고, 거침없고, 때로는 맹목적일 만큼 열정적이었다. 삶이라는 캔버스 위에 거침없이 붓질을 해대는 화가처럼, 때로는 검은색으로, 때로는 붉은색으로, 그렇게 강렬한 색채로 나만의 그림을 그려나갔다.

하지만 모든 것은 내가 저지른 오만에서 시작되었다. 수호신이 보내준 경고를 무시했을 뿐만 아니라, 감히 신을 시험하려 들었다. "그래, 내가 이 예지몽을 어긴다면 어떻게 될지 궁금하다." 그때의 그 한마디가 내 인생을 완전히 뒤바꿔놓을 줄은 몰랐다.

마치 누군가가 내 영혼의 스위치를 꺼버린 것처럼, 모든 것이 정지

했다. 둘째의 죽음처럼, 이혼은 내 영혼의 한 부분을 영원히 앗아갔다. 불같던 성격은 어디론가 사라졌고, 거친 파도는 잠잠해졌다. 한때는 매 순간 치열하게 고민하고 결정하던 내가, 이제는 무엇을 생각하는지조차 알 수 없는 사람이 되어버렸다.

저주라고밖에 설명할 수 없는 일들이 계속되었다. 새로운 시작을 시도할 때마다, 마치 보이지 않는 힘이 가로막는 것 같았다. 남은 부동산을 팔아 겨우 생계를 이어왔지만, 그마저도 이제는 바닥이 났다. 무엇을 해보려 발버둥 칠 때마다 모든 것이 물거품처럼 사라져 버렸다. 한때 그토록 선명하게 찾아오던 수호신의 예지도 더는 없었다.

내 인생의 실패는 두 가지로 요약된다. 하나는 인연에 대한 사리 분별력의 부족이었고, 다른 하나는 순간순간의 현명하지 못한 선택이었다. 혜진과의 관계, 사업 파트너들과의 관계, 그리고 가장 중요하게는 수호신과의 관계까지. 문경 비행장에서 별을 보며 품었던 꿈들은 내 오만함 속에 하나둘 스러져갔다.

하지만 인생이란 것이 참 이상하다. 젊은 시절의 나는 모든 것이 있었지만 만족을 몰랐고, 지금의 나는 모든 것을 잃었지만 오히려 마음은 더 평온하다. 행복도, 가정도, 명예도, 금전도, 성공도 모두 잃은 자리에 이상하게도 작은 희망이 자라나고 있다.

그것은 바로 신에 대한 마지막 소원. 두 번의 소원은 이미 이루어졌지만, 마지막 하나가 아직 남아있다. 어쩌면 이 25년의 침묵은 신의 저주가 아닌, 새로운 깨달음을 위한 준비 기간이었는지도 모른다. 마치 보쌈으로 시작된 할머니의 운명이 새로운 시작이 되었듯이, 이 긴 침묵의 시간도 어떤 의미가 있으리라.

그리고 2024년 7월 18일, 25년의 침묵을 깨고 수호신이 다시 찾아왔다.
"이제는 잠에서 깨어라."

그 한마디는 마치 문경 비행장의 별빛처럼 선명했다. 이제 나는 천천히 잠에서 깨어나고 있다. 마치 겨울잠에서 깨어난 곰이 서서히 동굴 밖으로 발걸음을 내딛는 것처럼.

때로는 긴 침묵이 필요하다. 새로운 소리를 듣기 위해서는 먼저 고요해질 필요가 있는 법이다. 25년의 백지 같은 시간이 끝나가는 지금, 나는 어쩌면 내 인생에서 가장 중요한 그림을 그리기 위해 준비하고 있는지도 모른다.

아직은 눈이 부시고 걸음이 휘청거리지만, 그래도 나아가야 한다. 무엇을 해야 할지, 어디로 가야 할지는 모르지만, 이제는 더 이상 멈춰있을 수 없다는 것만은 안다. 한때 800km를 달려가며 사랑을 지켰던 그 열정이, 이제는 새로운 시작을 향한 용기가 되어 돌아왔다.

나의 이야기가 누군가에게는 교훈이 되었으면 한다. 인연을 맺을 때는 더 신중하게, 선택할 때는 더 현명하게, 그리고 무엇보다 영적인 경고에 대해서는 더 겸손하게 대처하기를. 내가 45년 동안 겪은 폭풍우와 그 후의 25년 침묵은 그런 메시지를 전하고 있다.

마지막 소원이 이루어질지는 아무도 모른다. 하지만 그것은 중요하지 않을지도 모른다. 어쩌면 진정한 의미는 그 소원을 품고 있다는 것, 그리고 그것을 향해 다시 한번 걸음을 내디딘다는 것에 있을지도 모른다. 마치 문경의 별들이 그랬듯이, 때로는 빛나는 꿈 하나만으로도 충분한 법이니까.

✱✱✱

멀지 않은 마지막 인생길에 인천에서

2024년 11월의 문턱에서,

한때는 폭군처럼 광기로 세상을 달구던 태양이
이제는 할머니의 주름진 손처럼 부드럽게 내리쬐고 있다.

월미공원의 낡은 벤치는 내 쓸쓸한 사색의 둥지가 되었고,
써늘한 바람은 말 없는 벗처럼 내 옷깃을 넘나든다.
그 손길을 느끼며 나는 속삭인다. "아, 아직 살아 있구나…."
하늘을 올려다보며, 존재의 무게를 다시 한번 가늠해 본다.

노랗게 되어 떨어지는 낙엽은 이별을 고하고,
내 기억 속 조각들도 그들처럼 하나둘 떨어져 간다.

사랑이란 이름의 꿈들,
욕망이란 이름의 그림자들,
명예라 쓰고 허상이라 읽던 날들,
돈이라 쓰는 욕심,
쾌락이란 달콤한 독배,
이별이란 쓰디쓴 약,
그리고 슬픔으로 달래던 술잔들….

이제는 모두 빛바랜 흑백사진 속 희미한 그림자일 뿐.

누가 말했던가,
기차 철로는 앞에선 곧지만 뒤돌아보면 굽이 굽이라고.
내 삶도 그러했다.
의도치 않은 굴곡들이 만들어낸

예기치 못한 풍경들의 연속이었다.

나는 미로 같은 인생의 미스터리 앞에서
운명이란 이름의 수수께끼를 풀어보려 한다.
정해진 길과 자유의지 사이,
무당이 예언한 숙명의 길과
수호신이 알려준 비켜 갈 수 있었던 순간들 사이,
나는 여전히 답을 찾지 못한 채,
인천의 가을 하늘 아래 생각에 잠겨본다.

이 모든 의문 속에서도,
나는 여전히 살아있음을 느낀다.
쌀쌀한 가을바람이 전해주는 차가운 생명의 속삭임 속에서…

62

운명의 수학적 패턴을 찾아서

시공간의 공명

운명이란 무엇일까? 우리에게 주어진 삶의 방정식을 어떻게 풀어가야 할까? 70년의 인생을 살아오며 나는 이 근원적인 질문들과 끊임없이 마주해왔다. 그리고 마침내 과학과 영성이 교차하는 지점에서 그 해답의 실마리를 발견한 것 같다.

호프집 여사장과 만남은 이러한 깨달음의 시작점이었다. 여섯 살이라는 나이 차이에도 불구하고, 우리는 출생 월, 일, 시가 정확히 일치했다. 더욱 놀라운 것은 우리의 인연이 만들어낸 지리적 패턴이었다. 제남, 수원, 제주, 영덕으로 이어지는 도시들은 마치 운명이 정교하게 배치한 별자리처럼 특별한 기하학적 형태를 이루고 있었다.

양자 얽힘과 운명의 기하학

이러한 패턴은 러시아의 천재 수학자 그리고리 페렐만이 증명한 푸앵카레 추측을 떠올리게 한다. 그가 밝혀낸 우주의 위상기하학적 패턴처럼, 우리의 인생도 어떤 심오한 수학적 원리를 따르고 있는 것은 아닐까? 특히 순천 경찰서에서 발견된 놀라운 사례는 이러한 의문을 더욱 깊게 만든다. 동일한 생년월일을 가진 두 경찰관의 삶이 결혼, 신혼여행지, 임용, 근무지 이동까지 마치 거울에 비친 듯 일치하는 현상은, 단순한 우연을 넘어선 시공간의 깊은 공명을 얘기하고 있다.

현대 양자물리학의 '관찰자 효과'와 '양자 얽힘' 이론은 이러한 현상에 대한 과학적 설명의 실마리를 제공한다. 노벨상 수상자인 볼프강 파울리와 심리학자 칼 융의 혁신적인 협업이 보여주듯, 의식과 물질세계는 우리가 일반적으로 인식하는 것보다 훨씬 더 깊고 복잡한 방식으로 연결되어 있다. 특히 '파울리 효과'로 알려진 의식과 물리적 현실 간의 신비로운 상호작용은, 내가 경험한 수호신의 예지 현상과 놀라운 연관성이 있어 보인다.

홀로그래픽 우주와 의식

물리학자 데이비드 봄의 홀로그래픽 우주론은 이러한 경험들에 더욱 심오한 의미를 부여한다. 그의 이론에 따르면, 우주의 모든 부분은 단순히 연결되어 있을 뿐만 아니라, 각각의 부분이 전체의 정보를 내

포하고 있다. 마치 홀로그램의 작은 파편 하나에도 전체 이미지의 정보가 온전히 담겨있는 것처럼, 우리 각자의 개별적인 삶에도 우주의 근본적인 질서와 패턴이 그대로 반영되어 있다고 보는 것이다.

수학자이자 물리학자인 로저 펜로즈의 "객관적 붕괴" 이론이 제시하듯, 수학적 진리는 물리적 실재의 근간이며 우리가 경험하는 모든 현실의 기반이 된다. 호프집 여사장과의 동시성 경험이나 순천 경찰서의 거울상 패턴은 이러한 근본적인 수학적 원리가 현실 세계에서 구체적으로 발현된 사례일 수 있다.

양자역학에서 전자의 위치가 관측되는 순간에 비로소 확정되듯이, 우리의 운명 역시 특정한 관측점이나 경험의 순간에 현실화하는 것인지도 모른다. 이러한 관점은 동양 철학의 주역이나 육임과 같은 고대의 지혜가 제시하는 통찰과도 깊은 연관성이 있어 보인다.

예지몽과 수호신의 과학적 해석

내 삶에서 예지몽은 단순한 우연이 아닌 반복적으로 검증된 현실이었다. 분석심리학의 창시자 칼 융은 이러한 예지몽과 직관적 경험을 인간 무의식의 심오한 표현으로 해석했다. 그의 이론에 따르면, 인간의 무의식은 일상적인 시공간의 제약을 초월하여 더 깊은 차원의 정보에 접근할 수 있다. 이는 단순한 우연의 일치가 아닌, 의식과 무의식의 동시성이라는 실존적 현상으로 설명될 수 있다.

융의 예지몽 이론은 노벨상 수상 물리학자 볼프강 파울리와의 획기적인 협업을 통해 더욱 깊이 있는 과학적 토대를 얻게 되었다. 양자역학의 선구자였던 파울리는 자신의 꿈과 무의식적 경험을 체계적으로 기록하고 연구했다. 특히 그의 주변에서 발생한 일련의 기이한 현상들, 이른바 '파울리 효과'는 인간의 의식이 물리적 현실에 직접적인 영향을 미칠 수 있다는 놀라운 가능성을 시사한다.

수호신의 실체

내 인생에서 수호신은 추상적인 개념이나 단순한 상상이 아닌, 구체적이고 실재하는 존재였다. 혜진과의 이별, 예기치 못한 사기 사건, 어머니의 별세, 그리고 지금의 깨달음에 이르기까지, 인생의 중요한 전환점마다 수호신은 나타나 미리 그 징조를 알려주었다.

정신과 의사이자 전생 치료의 권위자인 브라이언 와이스 박사의 연구는 이러한 경험에 과학적 설명을 더 해준다. 그의 저서 "나는 환생을 믿지 않았다"에서 설명하듯, 수호신은 우리의 영적 성장과 진화를 돕기 위해 존재하는 고차원적 의식체일 수 있다.

운명과 자유의지: 새로운 균형점

이제 우리는 더욱 심오한 철학적 질문 앞에 서 있다. 만약 우리의 삶이 정교한 수학적 패턴을 따른다면, 인간의 자유의지는 과연 어디에 존재하는 것일까? 양자역학이 시사하듯, 관찰되기 전의 입자처럼 우리의 운명도 무한한 가능성의 구름 속에 존재하는 것일까?

운명은 하나의 복잡한 방정식으로 이해될 수 있을 것 같다. 우리의 생년월일, 태어난 시간과 장소, 사주팔자와 같은 요소들은 이 방정식의 고정된 상수가 된다. 그러나 여기에는 분명한 변수도 존재한다. 고대 이스라엘의 제사장이 사용했던 신탁 도구 '우림과 둠밈'처럼, 우리의 선택과 결정이 바로 그 변수가 되는 것이다. 에베소서 1장 4절이 제시하는 예정론적 세계관 역시, 이러한 수학적 패턴의 신학적 해석으로 이해될 수 있다.

과거 내가 수호신의 경고를 무시했던 순간들은, 이 우주적 방정식에서 허용되지 않는 값을 강제로 대입하려 했던 시도였을지도 모른다. 그 후에 겪은 25년간의 정체기는 어쩌면 이 방정식이 자연스러운 균형을 회복해 가는 과정이었을 것이다. 이는 마치 페렐만이 증명한 리치 흐름처럼, 왜곡된 시공간이 자연스럽게 본래의 형태로 치유되어 가는 과정과 유사해 보였다.

시공간을 초월한 연결성

혁신적인 생물학자 루퍼트 셸드레이크의 '형태적 공명' 이론은 이러한 현상에 대한 새로운 과학적 패러다임을 제시한다. 그의 광범위한 연구에 따르면, 물리적 거리나 시간의 제약을 초월하는 근본적인 연결성이 존재하며, 이는 특히 유사한 패턴이나 조건을 공유하는 존재들 사이에서 더욱 강력하게 발현된다.

비록 이 이론이 현재 주류 과학계에서 완전한 검증을 받지는 못했지만, 시공간을 초월한 연결성의 가능성을 과학적 관점에서 체계적으로 탐구하고 있다는 점에서 큰 의미가 있다. 이는 마치 양자 얽힘 현상이 처음 발견되었을 때 아인슈타인이 "유령 같은 원격작용"이라고 불렀던 것처럼, 우리의 현재 과학적 패러다임을 넘어서는 새로운 차원의 실재를 암시한다.

동양 철학과의 조화

특히 주목할 만한 것은 내가 발견한 사주팔자의 패턴, 그중에서도 '子(자)'를 가진 이들과의 특별한 인연에서 나타난 놀라운 규칙성이다. 이는 동양 철학에서 오랫동안 이야기해 온 천인합일(天人合一)의 원리와 깊은 연관성을 보인다. 우리의 삶은 보이지 않는 우주의 법칙으로 연결되어 있으며, 그 연결의 패턴은 이제 현대 과학의 언어로도 설명될 수 있는 현상으로 점차 드러나고 있다.

미래를 향한 통찰

이러한 깨달음은 단순한 이론적 통찰을 넘어, 우리의 실제 삶에 중요한 실천적 의미를 제시한다. 우리는 완전한 결정론도, 무 제한적 자유의지도 아닌, 그 둘의 절묘한 균형점에서 살아가고 있다. 마치 양자역학에서 말하는 '중첩 상태'처럼, 우리의 운명은 고정된 것이 아니라 가능성의 구름처럼 존재하며, 우리의 의식적 선택과 관찰에 따라 특정한 현실로 구체화 된다.

우리에게 주어진 과제는 이러한 우주의 수학적 패턴을 이해하고, 그 안에서 우리만의 고유한 해법을 찾아가는 것이다. 수호신의 인도, 예지몽의 메시지, 동시성의 경험들은 모두 이 거대한 우주의 방정식 속에서 우리를 올바른 방향으로 이끄는 이정표가 될 수 있다.

새로운 지평을 향해

70년의 인생을 통해 나는 운명이라는 거대한 퍼즐의 일부 조각들을 발견했다. 그러나 이는 끝이 아닌 새로운 시작이다. 과학과 영성, 이성과 직관, 운명과 자유의지는 서로 대립하는 것이 아니라 더 큰 진리를 향한 보완적인 관점임을 깨달았다.

우리 각자의 삶은 우주의 거대한 태피스트리에 새겨진 고유한 패턴이며, 동시에 그 전체 그림의 축소판이다. 앞으로도 이 신비로운 패턴의 의미를 계속 탐구하고, 그 안에서 자신만의 고유한 역할을 발견해 나가는 여정이 우리 모두에게 주어진 과제일 것이다.

이 책을 읽는 독자들도 자기 삶에서 이러한 패턴을 발견하고, 그것이 주는 메시지에 귀 기울이며, 운명과 자유의지의 균형점을 찾아가는 여정에 동참하기를 희망한다. 우리는 모두 이 거대한 우주의 수학적 교향곡 속에서 각자의 고유한 선율을 연주하고 있다.

우리의 운명 방정식

당신의 운명 방정식에 어떤 함수를 넣을 것인가? 이것은 우리 각자에게 주어진 가장 본질적인 선택이다. 페렐만의 리치 흐름 이론이 시사하듯, 우주는 끊임없이 최적의 형태를 찾아간다. 우리의 인생도 마찬가지다. 그 선택의 순간에는 신중하고 현명한 판단이 필요하다. 수호신의 경고를 무시했던 나의 오만함이 가르쳐준 것처럼, 우리는 영적 지침과 무의식의 신호에 겸허히 귀 기울여야 한다. 그리고 그 선택이 단순히 현세의 행복만이 아닌, 궁극적인 영적 완성도를 높이는 방향이어야 한다.

호프집 여사장과의 만남, 순천 경찰서의 거울상 패턴, 그리고 '구(寿)'를 가진 이들과의 특별한 인연을 경험하며, 나는 운명을 새로운 시각으로 바라보게 되었다. 그것은 완전한 결정론도, 무 제한적 자유의지도 아닌, 양자역학적 중첩 상태와 같은 것이다. 데이비드 봄의 홀로그래픽 우주론이 제시하듯, 우리의 개별적 선택은 우주 전체와 공명하며, 동시에 우주의 근본 질서는 우리의 선택 속에 반영된다.

결국, 인생이란, 셸드레이크의 형태적 공명 이론이 암시하는 것처럼, 우주의 수학적 질서와 주어진 패턴을 이해하고, 그 속에서 인간의 자유의지를 조화롭게 발현시키는 과정이다. 마치 양자역학에서 파동과 입자의 이중성을 받아들이듯, 우리도 운명의 필연성과 선택의 자유라는 겉보기에 모순된 진실을 포용해야 한다.

우리는 모두 자신만의 고유한 운명 방정식을 풀어가고 있다. 그러나 더 중요한 것은 단순히 답을 찾는 것이 아니라, 더 본질적인 질문을 던지는 것이다. 파울리와 융의 협업이 보여주었듯, 과학적 탐구와 영적 통찰은 서로를 보완하며 더 깊은 진실로 우리를 인도한다.

25년의 침묵 끝에 다시 찾아온 수호신의 메시지 "이제는 잠에서 깨어나라"는 이 모든 우주적 패턴을 깨달으라는 시그널인지도 모른다. 마치 펜로즈의 "객관적 붕괴" 이론처럼, 우리의 의식적 깨달음이 잠재된 가능성을 현실로 구체화하는 것이다.

문경 비행장에서 별들을 바라보며 품었던 존재에 대한 근원적 의문들이, 이제는 하나의 거대한 수학적 진리로 다가오고 있다. 우주의 모든 입자가 양자 얽힘으로 연결되어 있듯이, 우리의 모든 선택과 경험도 보이지 않는 끈으로 연결되어 있다.

이것이 70년을 살아오며 깨달은 한 인간의 마지막 통찰이다. 당신이 자신만의 운명 방정식을 풀어가는 여정에서, 이 메시지가 작은 나침반이 되기를 진심으로 희망한다. 우리는 모두 이 거대한 우주의 수학적 교향곡 속에서, 자신만의 고유한 선율을 연주해 나가는 연주자들이기 때문이다.

맺음말

70년의 세월이 흐른 지금, 내 삶은 한 편의 장대한 교향곡으로 들린다. 양자역학의 파동함수처럼 때로는 격렬한 알레그로로, 때로는 고요한 아다지오로 울리며, 간혹 불협화음이 섞여들어도 결국은 완벽한 조화를 이루어낸 우주의 선율이었다.

월미산 벤치에 앉아 과거를 돌아보면, 한때는 무질서하게만 보였던 사건들이 이제는 정교한 태피스트리처럼 완벽한 패턴을 이룬다. 우리는 살아가며 실타래 하나하나를 마주하지만, 시간이 흘러서야 비로소 그것이 수놓은 전체 그림의 아름다움을 발견하게 된다.

45세까지의 폭풍우 같던 시간과 그 후의 25년간의 고요함, 이 모든 것이 필연적인 여정이었음을 이제야 깨닫는다. 수호신의 침묵은 징벌이 아닌 더 깊은 깨달음을 위한 준비였고, 고요한 상실의 순간들은 리치 흐름처럼 나를 영적으로 순화시키는 과정이었다. 2024년 7월의 예지몽이 "깨어나라"라고 했을 때, 그것은 새로운 차원으로의 도약을 위한 양자역학적 관측점이었다.

나는 인간의 삶이란 우주에 쓰인 홀로그래피 정보를 조금씩 다시 써가는 여정이라고 생각한다. 우리 각자의 불완전한 정보는 깨달음을 통해 점진적으로 개선되어 간다. 이는 완벽한 우주를 향한 진화이며, 물질적 존재에서 영원한 영적 존재로 나아가는 과정일 수 있다. 불교에서 말하는 윤회의 본질이 바로 이것이 아닐까.

사랑하는 자녀들과 이 글을 읽는 젊은이들에게 말하고 싶다. 물질과 쾌락, 욕심이라는 달콤한 꿀을 쫓기보다, 영적 성장에 더 큰 가치를 두길 바란다. 인생은 달콤한 꿀을 즐기기엔 너무 짧고, 그 꿀을 만들기 위해 치러야 할 대가는 너무나 크기 때문이다. 지금, 이 순간에 만족하며 아름답고 행복한 삶을, 타인을 이해하고 사랑하는 삶을, 마음의 여유를 가진 삶을, 그리고 창조주가 선물한 이 아름다운 세상을 온전히 누리며 사는 것이 진정한 지혜일 것이다.

가족을 진정으로 사랑하지 못하고 흘려보낸 세월, 혜진을 미워하며 보낸 시간이 이제는 가슴 아프게 다가온다. 모든 것을 용서하고 지금의 시선으로 세상을 바라보았다면, 얼마나 더 많은 행복의 순간들을 누릴 수 있었을까.

그래서 젊은이들에게 간곡히 말하고 싶다. 사랑하라, 그리고 용서하라. 70세가 되었을 때 결코, 후회하지 않을 것이다. 그때는 우주에 새겨진 당신의 정보가 더욱 아름답게 변화되어 있을 것이며, 이는 곧 창조주의 뜻에 한 걸음 더 가까워진 증거가 될 것이다.

　이제 나의 이야기를 마무리하며, 한 사람의 삶이 담긴 이 기록이 누군가에게 작은 깨달음이 되기를, 그리고 이 책으로 말미암아 당신의 정보가 저 우주에 좀 더 아름답게 새겨지기를 소망한다. 우리는 모두 자신만의 이야기를 써 내려가는 작가이자, 각자의 우주를 만들어가는 창조자이기에.